Antología Literaria

Hermann
Hesse

Rastro de un sueño

Planeta

Título original: Traunfährte
Traducción de Mireia Bofill

Córcega, 273-277, 08008 Barcelona (España)

Diseño de tapas y portadillas: Hans Romberg
Segunda edición en esta colección: junio de 1986
Depósito legal: B. 14.770-1986
ISBN 84-320-8822-6
Printed in Spain - Impreso en España
"Duplex, S. A.", Ciudad de la Asunción, 26-D, 08030 Barcelona

Dedicado al pintor Ernst Morgenthaler
en reconocimiento de las hermosas horas
pasadas en el verano de 1945.

Prólogo

HERMANN HESSE Y LOS AÑOS VEINTE

Los doce textos de Hermann Hesse reunidos en este volumen pertenecen a la década de los veinte, con excepción del titulado «La ciudad», de 1910. Hay, ciertamente, otros cuatro que son de 1917, 1918, 1930 y 1932. Pero, para los efectos de la historia de la cultura alemana tales años adyacentes a la famosa década de la turbulencia se consideran como englobados en ella; los primeros porque, aun estando dentro de los límites de la Gran Guerra, corresponden a un período cultural distinto, y muy años veinte, al de los dieciséis primeros del siglo. En efecto, aproximadamente en 1916 surge el jazz en Estados Unidos y el mismo año se crea el movimiento dadá; en 1917 se produce la revolución rusa, con repercusiones inmediatas en todo el mundo, y en Alemania tiene lugar un hecho de capital importancia: se descubre ese año, de manera generalizada, que la guerra ha sido un error, que se trata de una guerra capitalista y no nacionalista, que la contienda nada tiene de heroica, sino que es sucia, mortífera y seriada como no había sido antes ninguna guerra. 1917, por tanto, marca el punto de arranque de una nueva sensibilidad o perspectiva que caracterizará a los «felices veinte». Las fechas de los dos textos últimos, por otra parte —1930 y 1932— son de los finales de la República de Weimar, es decir, del sistema político surgido de la Primera guerra mundial, y en los que se prepara el ascenso al poder absoluto de Hitler, en enero de 1933.

En mi prólogo a otra obra de Hermann Hesse, *El último verano de Klingsor*, que incluye, además de la novela corta que da nombre al volumen, otras dos narraciones extensas, «Alma de niño» y «Klein y Wagner», publicada también por Editorial Planeta, expliqué por extenso las ideas capitales de Hermann Hesse, así como los datos clave de su biografía y las actualizaciones que el escritor alemán ha experimentado en Europa y Norteamérica. En otro prólogo no menos extenso a la «Correspondencia entre Thomas Mann y Hermann Hesse», en vías de publicación por Muchnik editor, he comentado con bastante detalle la historia de la amistad entre los dos intelectuales y he añadido algunas consideraciones sobre la obra del autor de *El lobo estepario*. Ambos escritos me obligan a no repetir, ahora, mis opiniones sobre la obra, la vida, las relaciones y las repercusiones literarias y sociales de Hesse, entre otras cosas porque ya no sabría añadir ninguna consideración original y de primera mano a lo ya escrito.

Pero sí creo necesario destacar aquí dos temas. El primero, referente a la obra que el lector tiene en su mano; el segundo, a los años veinte, como larga década, y muy apasionante por cierto, durante la cual Hesse escribió los textos que siguen. Si el lector está de acuerdo, me internaré en esa panorámica que sobrepasa a nuestro autor, mientras aquí y allí voy refiriéndome a él y a los textos contenidos en *Rastro de un sueño.*

Me parece que no existe una década en la historia de la humanidad, o, más concretamente, en nuestro siglo, que goce de tanto prestigio y encanto, de tan concreta significación y de mitología, como la de los veinte. Hasta quienes no hemos vivido aquella época, y ya somos mayoría, la «recordamos». Podemos evocarla como si fuese nuestra infancia, levantando aquí y allá los espectros de Isadora Duncan y de Armstrong, de Joyce y de Breton, de Gandhi y de Trotsky. Basta dar unas palmadas junto a la caja de la memoria para que el jazz naciente, el ballet de Diaghilev, el surrealismo, la travesía aérea del Atlántico por Lindbergh, los escándalos teatrales de Brecht, la música de Strawinsky y de Kurt Weill, el cine mudo y los primeros films del cine hablado, los inicios de la Revolución en la URSS, los ensayos en la nueva pedagogía, etcétera, etcétera, nos inviten a mirar por la ventana con melancolía, y exclamar por lo bajo, con simpatía y pena: «¡Aquellos años veinte!... El mundo entonces era una fiesta.»

Si no queremos estropear este recuerdo, nuestro a pesar de no haberlo vivido directamente, lo mejor que podemos hacer es no mirar la historia, los libros de historia, porque entonces es seguro que poco o nada quedará de la fiesta y su felicidad. Sin el menor deseo de ser un aguafiestas, y sólo con la pretensión de comprender por qué los años veinte nos han dejado un perfume tan etéreo, recordaré algunos hechos siniestros de la década, de su vertiente oculta, y ojalá que al final aún podamos decir, parodiando a Galileo, «...y, sin embargo, fueron felices los años veinte».

Apareció hace poco, en castellano, el libro de memorias de André Thirion, en tres volúmenes, *Revolucionarios sin revolución.* Es un libro admirable y esclarecedor por muchos conceptos. Thirion fue un ferviente seguidor de los surrealistas y de los comunistas en los años veinte. Al principio de las memorias, encontrará el lector una descripción extraordinaria de la Primera guerra mundial, cuando Thirion era un chiquillo. Él vivía, con su familia, en una ciudad francesa fronteriza con Alemania, y recuerda que la contienda comenzó como las batallas del siglo XIX, es decir, con un aire de desfile, a base de sables más que de fusiles, de bandas de música militar más que de aparatos de telefonía sin hilo, de infantes más que de aviones. Ve, así, a los nobles ejércitos de Francia que marchan sobre Alemania y a los educados y aristocráticos alemanes que persiguen, poco después, a los franceses. Es el último acto teatral del siglo XIX. Después de ambos desfiles a bombo y platillo, con oficiales alemanes que hablan en francés y soldados franceses que piensan en Napoleón, la guerra se convierte en algo horripilante: debajo de los gestos y casacas los ejércitos guardan unas armas de un tremendo poder. Y la muerte, que hasta ese momento había sido individual en las guerras, con su poco de tragedia y de heroísmo, se torna muerte seriada, repetida, anónima, insustancial, inútil. Es la muerte de los «Tiempos modernos», aquel film de Charlot, en que el hombre queda transformado, por la fabricación en cadena, en hombre seriado o de masa.

En los años treinta, Jean Renoir lo aclaraba en otra película perfecta. «La gran ilusión» (ya el título es certero: ilusión como engaño) cuenta el enfrentamiento de Francia con Alemania a base de dos oficiales, uno francés y otro alemán —representado por el gran actor y director de cine austríaco, Von Stroheim—, que por ser aristócratas ven la guerra como un juego personal de salón. Es, así, una película con protagonistas. Pero a medida que la guerra y el film avanzan, ellos van dando paso a la masa anónima, al pueblo que lucha, y que obliga a sacar la conclusión: «Aquí no triunfa ni Francia ni Alemania: quien triunfa es la masa sobre la élite aristocrática.»

Las masas serán las grandes perdedoras de la guerra, porque en ella morirán, en cuatro años, a millones. Pero ellas serán las vencedoras de la guerra, porque los años veinte serán suyos, con sus esperanzas, sus apariciones tumultuarias en el escenario de la historia, con su estilo de vida de «hombre de la calle». Ésta es la primera característica por la cual a la década se la ha bautizado con los diversos títulos de «los tormentosos años veinte», «los movidos...», «los escandalosos...», «los felices...» Nada tiene de extraño que Ortega y Gasset se hiciese famoso en el mundo, en 1930, al publicar un libro que llevaba un título, por decirlo así, esperado: *La revolución de las masas*. Poco importa que el libro estuviese escrito desde una perspectiva aristocrática: daba en el clavo de la multitud como actor de la escena internacional.

Pero la masificación, como ya he sugerido, tiene dos caras: una que nos sugiere cierto predominio democrático, positivo, y otra que nos hace pensar en la fabricación en serie de personas. El hombre masa tiene el atractivo de la voz popular que se impone, que dicta costumbres, que habla desde la vida cotidiana, que reniega del aristocraticismo..., pero tiene también la desgracia de ser un mínimo resorte de poca importancia en el enorme engranaje de la sociedad. Su psicología ya no es la del hombre de carácter: el puritano vestido de frac que sabe lo que quiere y sabe adónde va, sino que es la de quien no tiene alma, porque la misma gente de la que forma parte le impone la suya, porque tiene todas las almas, en fin.

Hermann Hesse explicará esto a su manera en el relato «Trágico», de 1922. Es la historia de un tipógrafo que a principios de siglo aspiraba a que el estilo periodístico no fuese una corrupción total del idioma cuidado, aristocrático y clásico de antes, y que ahora, en los veinte, ya sólo se contenta con corregir las faltas más gruesas, las palabras peor empleadas, como «tragedia» y «trágico». El cuento no es de los mejores, pero pone la pluma en la llaga de su tiempo: porque señala que la masificación, propia del periodismo, disuelve el lenguaje, antes tan rico y lleno de matices, y hace de él un vehículo de ideas mal expresadas y callejeras. En segundo lugar, porque destaca, de entre todas las palabras, la de «tragedia», que para el tipógrafo, como para Hesse, tiene un contenido ingente y que sin embargo los periodistas emplean en situaciones tales como los accidentes de tráfico. Pero, en última instancia, Hesse llama la atención sobre esto: la tragedia no consiste en usar mal la palabra «tragedia», sino en el hecho de que la masificación degradante es, sí, una tragedia, es decir, un viaje al vacío que carece de regreso, un proceso irreversible hacia la depauperación, la miseria y la muerte, un desequilibrio por el lado del mal que nada ni nadie puede equilibrar.

Todo indica pues que, para bien o para mal, el viejo equilibrio del mundo burgués, con sus valores específicos, se ha perdido, se ha venido abajo como los edificios que esa misma burguesía intentó construir para la eternidad. El hombre burgués es (o quiere ser) ante todo un individuo. Ha roto y terminado con el hombre medieval que se guiaba conforme a los preceptos superindividuales de la tradición y de la Iglesia; él es único, con su nombre y su firma, su voluntad y su decisión; con su decálogo abstracto que va adaptando a la realidad del mundo cambiante. El burgués es el hombre de carácter, que sólo pone la fe en sí mismo y en lo que puede comprobar con el experimento científico, con la lógica, con la fuerza de su energía y de su dinero. La literatura psicológica y realista del siglo XIX le describió perfectamente.

Al terminar la Primera guerra mundial, este mundo y estos valores se disuelven. El elitismo, la fe en la razón, el carácter, la seguridad y la comodidad, el individualismo y tantas cosas más entran en una crisis total. Europa, hasta ahora guía indiscutida del mundo, se despierta con la conciencia de que, por un lado, las masas nacidas con la guerra le usurpan una buena parte del poder y, más aún, de la iniciativa, en la gigantesca Rusia; y de que, por el otro, la joven tierra de la democracia, los Estados Unidos de América, le pulveriza sus colonias, su sabiduría de siglos y su talante de superioridad. Más extraordinario aún: los lejanos países del mundo pobre y olvidado empezarán a «ponerse de puntillas» —como decía Ortega con mal disimulado horror— y pretenden opinar frente y contra Europa. Son los años en que se crean los partidos nacionalistas, de izquierdas o derechas, de esos países «secundarios».

Debido a tales movimientos de poder, aquellas tierras y culturas remotas se ponen de moda, y todo el mundo habla de budismo, de los mayas, de la escultura del África negra, de la música malaya. Hesse se encontraba, para tal recepción de culturas ajenas a la «occidental», en una posición privilegiada, pues, como cuenta en «Infancia de mago», sus abuelos habían sido predicadores en la India, y a la cultura de aquel semicontinente debía mucho de lo que sabía, pensaba y sentía. Y en el texto «El europeo», de 1917, Hesse se basa en la leyenda del Arca de Noé para explicar justamente hasta qué punto el orgullo del europeo, con su saber racional, es contestado por negros, chinos, mexicanos y otros pueblos que sólo ven en el hijo de Europa a quien, por haber elegido un camino unilateral, ha llegado muy lejos, pero por una senda que sólo conduce a la pobreza y a la destrucción. Estos textos hessianos, aunque imperfectos, no tienen desperdicio como meditaciones de la época. Nos presentan una Europa estéril, que con su ambición se ha asesinado a sí misma. Y si bien no propone el autor a los otros países como modelos incuestionables, sí los presenta como alternativas para que la imaginación busque nuevos caminos, otras posibilidades de enriquecimiento, un mundo nuevo más completo.

No obstante, ¿no cabe decir aquí que justamente esta destrucción es lo que posibilita un renacimiento, que si Europa fue grande en los años veinte, grande y creativa, fue porque con la guerra había muerto también una parte de lo que la entorpecía? Los años veinte fueron renacimiento, siempre y cuando tengamos en cuenta la relatividad de este concepto. La Gran Guerra rompió los diques que constreñían el universo a Europa y así pudieron nacer las otras zonas y continentes de la tierra. Y rompió los diques que limitaban la sociedad a las élites, y pudieron nacer las masas y los pueblos. Movimientos sociales y artísticos, que antes se limitaban a grupos relativamente pequeños, en los veinte se harán tan amplios que se puede hablar de popularidad. A las revueltas sociales y políticas de fines y principios del XIX y XX, respectivamente, suceden ahora revoluciones gigantes. Antes, el arte de vanguardia se limitaba a unos cuantos escritores y artistas y a sus capillitas; ahora, el expresionismo, el dadaísmo, el surrealismo y todos los movimientos renovadores tienen una resonancia enorme. El vanguardismo alcanza hasta las revistas y los periódicos de masas. Con anterioridad a la guerra, Freud apenas era conocido por unos cuantos iniciados, pero después ya todo el mundo habla de «complejos», de represión del erotismo, de censura anímica, de subconsciente. Y lo mismo cabe decir de las teorías relativistas de Einstein, del principio de indeterminación de Heisenberg, de la destructividad del átomo. Y si antes sólo se rebelaban unos cuantos hijos contra sus padres, ahora la protesta generacional es la moneda común, incluso la moda. Todo lo cual quiere decir que lo nuevo y característico de los años veinte ya existía con anterioridad a la década, desde fines del siglo XIX... sólo que ahora ha llegado a ser una verdad de todos, una experiencia compartida, un conocimiento popular y generalizado. El propio Hesse hacía veinte años que escribía sobre sus temas predilectos, pero es ahora cuando se pone de moda, cuando lo que él pensaba en el convento de unos pocos, se populariza. Y Thomas Mann será el escritor por excelencia de la República de Weimar, cuando ya había publicado *Los Boddenbrooks* y *Muerte en Venecia*. Y así, sucesivamente.

Sea como sea, los años veinte fueron renacimiento tras las décadas anteriores de incubación. Una Europa moría para que otra renaciese de sus ruinas y cenizas. Europa era una pascua, fiesta del huevo que se rompe para dar a luz al polluelo. La rotura, el cataclismo han despertado a las nuevas conciencias, y la inseguridad de la existencia aviva la mente de los hombres. Se diría que la sociedad ha pasado de una calma relativa, presidida por la burguesía asentada en el poder, al movimiento. La nueva moda es en esencia móvil, comparada con los trajes y peinados estáticos de la época anterior. Los trenes que antes viajaban con velocidad pausada y elegante, ahora son superrápidos; la aviación acaba de nacer en el cielo; la radio lleva las noticias de un lado al otro del mundo; el cine y la fotografía envían las imágenes, y los discos, la música; el jazz, que apenas está en la niñez, ya salta el Atlántico y se apodera de las juventudes de Alemania y de Francia.

Con tanto cambio y tanto movimiento las ideas fluyen y la sociedad se agiliza. Nunca como ahora se habla tanto de las utopías, porque nunca como ahora se comprende que la sociedad es algo cambiable y, por lo tanto, que puede ser cambiada. «Construyamos juntos el futuro», dirá con orgullo y voluntad Walter Gropius, el dirigente de la Bauhaus, movimiento artístico que abarca todas las esferas de la actividad creadora, desde la arquitectura a la fotografía, desde el cine a los utensilios de la vida cotidiana.

Pero el movimiento cambia también la personalidad de la gente. Hasta ahora los hombres representativos habían sido los hombres de carácter, es decir, aquellos que podían ser conocidos por sus características inflexibles. Los hombres de carácter eran de una pieza: seguros de sí mismos y de su ley, convencidos de su voluntad y de sus propósitos. El personaje típico de los años veinte es todo lo contrario. Su personalidad, ajetreada por el movimiento, ya no es segura, ni siquiera individual. El mundo cambia tanto que el nuevo hombre ha de desarrollar muchas almas para adaptarse a él. Lo mismo puede decirse que tiene diez mil almas, como entendían Pirandello y Hermann Hesse, o que la antigua se ha disuelto. Hesse, en *El lobo estepario,* y al ritmo del jazz y de las modas nuevas, muestra cómo se puede multiplicar el alma de un hombre. Ya en el siglo pasado el escritor escocés Stevenson había narrado en *El extraño caso del Dr. Jekill y el Sr. Hyde* que los honrados burgueses desarrollaban en la sombra una segunda personalidad maligna. En *Demian,* Hesse desarrolló esta idea, la de la copresencia de lo claro y de lo oscuro en los burgueses. Pero en *El lobo estepario* cumplió lo que Stevenson ya había previsto al decir en aquella novela que él sólo había descubierto dos personalidades en el individuo, pero que con el tiempo tal vez se descubriría una república de ellos. Y república son los que se mueven en el interior de ese lobo, para quien nada de lo que es humano, o animal, o vegetal, o incluso mineral, le es ajeno.

Sin embargo, ¿cómo podría vivir el hombre sin personalidad?, ¿qué podría hacer, como una hoja de otoño llevada por todos los vientos? Para muchos y, sobre todo, para las autoridades, la solución estaba —y está— en la masificación: cuando al hombre le falta la ley de la tradición (como tenía en la Edad Media), o de la propia conciencia y seguridad (como en la Moderna), entonces debe ser regido por las modas, por el dictado arbitrario, pero unificador, de los medios de comunicación. Otros, rebeldes, que no aceptaban los nuevos dictados, se lanzaron a la acción por la acción, como Cendrars, el coronel Lawrence, Malraux. Y otros, en fin, más meditativos, volvieron los ojos hacia dentro para ver lo que descubrían en su interior cuando el alma desaparecía... Y encontraron un sueño. Si se prefiere, el rastro de un sueño, conforme al título del primer cuento de este volumen.

Freud fue el primer hombre moderno que se tomó en serio los sueños. ¿Por qué tanta ciencia y tanto estudio aplicados a esas imágenes tenues, pasajeras, fugitivas? Me parece que la explicación más plausible podría ser que, cuando todo se mueve, cuando en la vida todo vacila, uno se vuelve hacia dentro en la confianza de que allí dentro, en las profundidades casi desconocidas, puede haber una seguridad, una respuesta. Por ser lo involuntario, los sueños son lo inevitable: lo seguro, por tanto. Pero esos sueños no nos descubren la individualidad, ni la razón, ni la norma. Nos descubren, por el contrario, mitos. Mitos, o significados imaginativos, que no son de un solo hombre, sino de muchos, tal vez de todos. De esta manera los mitos son tabla de salvación y son raíz, así como lazo de unión con la comunidad.

«Rastro de un sueño» y la mayor parte de los cuentos que le siguen en este volumen tienen como leit-motif, como hilo conductor, esta necesidad de vivir en los mitos, de encontrarse con los otros más allá de la individualidad y la lógica, justamente en aquellas unidades de sentido que subyacen a todos los discursos. Hesse fue, en este sentido, muy años veinte, pues no otra cosa hacía su amigo Thomas Mann en el ciclo de «José y sus hermanos» y tampoco hacía, en definitiva, otra cosa el comunista Bertolt Brecht cuando basaba sus obras teatrales en mitos chinos y cristianos. Pero de todos ellos y de otros muchos que podrían citarse, tal vez era Hesse el más crédulo, el más ingenuo. Un *anima naturaliter mitica*, que, sin embargo, nunca dejó de lado la ironía —la idolatrada ironía de sus admirados escritores románticos.

Los años veinte fueron de investigación de los mitos y de mitificación. Por ello están aureolados con la corona de lo intemporal, mejor dicho, de lo eterno nacido de lo fugaz. Las gentes necesitaban los mitos para reconocerse en ellos, para encontrar su camino, para sentirse unidas. Si todo era relativo..., si todo estaba presidido por la indeterminación..., si todo era pasajero y todo se movía con la velocidad y la luz de una estrella fugaz, entonces era necesario hallar, en el subconsciente colectivo, en el fondo común de cada persona, aquello que era previo a la razón, allí donde la vida nacía, en los orígenes de la humanidad y de la existencia humana.

Los surrealistas no hicieron otra cosa que pescar sueños. Y los surrealistas estaban relacionados con Hesse. Todos ellos querían, ante todo, destruir la distancia y la diferencia entre el arte y la vida. Esto es, deseaban que la expresión humana fuese viva, que naciese no de la investigación lógica, sino de una raíz más firme y más segura. ¿Y qué querían los nacientes existencialistas? Jaspers y Heidegger, que en los veinte iniciaban su carrera, pugnaron siempre, como luego Sartre, por destruir las esencias, es decir, aquello que es de una vez por todas y que en psicología viene representado por el carácter. Sólo después de esta destrucción quedaba libre la existencia, flotando sobre la nada, viviendo en puridad. Fue una exigencia difundida, de la que participaron hombres republicanos, como Mann, comunistas como Breton, Aragon y Brecht, nazis como Heidegger, cristianos como Jaspers, lobos esteparios como Hesse. El pensamiento mítico ocupó en los años veinte a psicólogos y a antropólogos, a filósofos y a escritores, a directores de cine y a psicoanalistas.

En «Infancia del mago» y «Compendio biográfico» Hesse se narró a sí mismo, de niño y de mayor, como un brujo que sólo puede existir en el reino de las fábulas. Estos textos, con «Rastro de un sueño» y, tal vez, «El europeo», son los más hermosos del libro que el lector tiene en las manos. En «El rey Yu» y «Pájaro», Hesse ensayó sobre dos mitos antiguos para explicarse circunstancias actuales. En cuanto a «Edmund» y «Sobre el lobo estepario» giran en la órbita de la novela *El lobo estepario,* sobre la disolución de la personalidad y el hallazgo de otros seres, incluso los más repugnantes, en el propio interior.

Se ha dicho muchas veces, en sentido altamente peyorativo, que Hesse fue un irracionalista. De otros se ha dicho, sin embargo, con mayor inquina, porque en cualquier caso el irracionalismo no le sirvió a Hesse para embarcarse en el entusiasmo que llevó a tantos socialistas y racionalistas a apoyar al Kaiser en la Primera guerra mundial, ni para dejarse atrapar en las ambiguas instituciones de la República de Weimar, como a Mann le sucedió, ni menos aún para aceptar la más mínima propuesta de los nazis. Pero al llamar irracionalista a Hesse, como a tantos, se olvida que el racionalismo había sido la coartada de la burguesía en casi toda su historia, y de todas las dictaduras recientes. El irracionalismo de los años veinte era típicamente antiburgués, antiautoritario y contracultural. Quienes siguieron su camino fue por el horror que les inspiraban las máquinas que amenazaban con destruir al hombre; por el odio a la ciencia que tras dominar a la naturaleza se había convertido en el modo ideal para el dominio de unos seres humanos por otros y que emplaza a conocer la manera de volar el mundo: «¿El átomo? —preguntaba con sarcasmo D. H. Lawrence, en 1925—, cuando hayáis descubierto el átomo os explotará en las narices»; por animadversión a la vida organizada mediante la mente que deja a la vida lista para la muerte. Con la razón se justificaron demasiados crímenes, y es evidente que la vida humana es el valor supremo que no puede negociarse, ni siquiera con la razón.

Hesse fue, en este sentido, intransigente. El presente libro es una muestra contundente de la voluntad de Hesse por salvar la vida, por elevar la vida, por arremeter contra el autoritarismo tanto como contra la masificación, por recurrir siempre a las fuerzas creadoras sin olvidar, no obstante que el hombre y aun el mismo lobo estepario pueden ser malos bichos. Que el lector lea, aparte de cómo lo dice, unas veces con magia, otras desangeladamente, lo que Hesse dice en este libro.

JOSÉ MARÍA CARANDELL

Rastro de un sueño

Notas

(1926)

ÉRASE UN HOMBRE que practicaba el poco respetable oficio de escritor de amenidades. Formaba parte, empero, de aquel reducido número de literatos que, en la medida de lo posible, toman en serio su profesión, y a quienes algunos entusiastas manifiestan un respeto semejante al que solía ofrecerse a los verdaderos poetas en tiempos pasados, cuando aún existían poesía y poetas. Este literato escribía todo tipo de cosas agradables, novelas, relatos y también poemas, y se esforzaba todo lo imaginable por hacerlo bien. Sin embargo, raras veces lograba ver satisfecha su ambición, ya que, aun cuando se tenía por humilde, caía presuntuosamente en el error de no tomar como medida de comparación a sus colegas y contemporáneos, los otros escritores de amenidades, sino a los poetas del pasado —o sea, aquellos ya consagrados durante generaciones—. Y, en consecuencia, una y otra vez debía reconocer con aflicción que incluso la mejor y más afortunada página por él escrita quedaba muy a la zaga de la frase o verso más recóndito de cualquier verdadero poeta. Así, su insatisfacción iba en aumento y su trabajo llegó a no complacerle en absoluto. Y si bien aún escribía alguna pequeñez de vez en cuando, sólo lo hacía con objeto de expresar esta insatisfacción y aridez interior y darles salida en forma de amargas críticas a su época y a sí mismo. Con ello, naturalmente, no mejoraban las cosas. A veces también intentaba emprender el retorno a los jardines encantados de la poética pura y rendía homenaje a la belleza en hermosas creaciones lingüísticas, en las que erigía esmerados monumentos a la naturaleza, las mujeres, la amistad. Y en efecto, estas composiciones tenían cierta música y una semejanza con la auténtica poesía de los poetas auténticos, en los que hacían pensar, tal como un amor o una emoción pasajeros pueden, ocasionalmente, recordar a un hombre de negocios y de mundo el espíritu que ha perdido.

Un día de la temporada que media entre el invierno y la primavera, este escritor, que tanto hubiese deseado ser poeta y a quien muchos incluso tenían por tal, estaba sentado una vez más ante su mesa de trabajo. Como de costumbre, se había levantado tarde, no antes de mediodía, después de pasar la mitad de la noche leyendo. Estaba sentado, con la mirada fija en el punto del papel donde dejara de escribir el día anterior. El papel decía cosas inteligentes, expuestas en un lenguaje ágil y cultivado, contenía ideas sutiles, ingeniosas descripciones, de las líneas y páginas se desprendía más de un hermoso cohete y alguna esfera luminosa, en ellas resonaba más de un sentimiento delicado... pero, no obstante, lo que leyó en su escrito decepcionó al escritor. Desengañado contempló lo que comenzara la víspera con cierta alegría y entusiasmo, lo que durante una hora crepuscular semejara narrativa, para convertirse otra vez en literatura de la noche a la mañana, un enojoso papel escrito que, en realidad, daba lástima.

Como tantas otras veces a esta hora algo lastimera del mediodía, percibió y consideró su situación extraordinariamente tragicómica, su necia aspiración secreta a una auténtica composición poética (cuando en la realidad actual no existía ni podía existir auténtica poesía) y las fatigas infantiles y tontamente inútiles que sufría por su deseo de crear, con ayuda de su amor a la antigua poesía, con ayuda de su gran cultura, de su delicado oído para las palabras de los auténticos poetas, algo que estuviese a la altura de la antigua poesía o se asemejase a la misma hasta el punto de inducir a confusión (cuando sabía perfectamente que es imposible crear nada a base de cultura e imitación).

También sabía a medias y hasta cierto punto tenía conciencia de que esta ambición sin esperanza y esta ilusión infantil que inspiraba todos sus esfuerzos no constituía en modo alguno una situación particular y personal, sino que cada ser humano, incluso el de apariencia normal, incluso el que aparentemente era afortunado y feliz, abrigaba la misma aridez y el mismo desesperado desengaño; que cada hombre buscaba constante y continuamente algo imposible; que incluso el menos atractivo acariciaba el ideal de Adonis, el más tonto el ideal de sabio, el más pobre la ilusión de Creso. Sí, incluso sabía a medias que ese tan venerado ideal de la «auténtica poesía» no significaba nada, que Goethe consideraba a Homero o a Shakespeare como algo inalcanzable con el mismo desánimo con que un literato actual podría contemplar a Goethe, y que el concepto de «poeta» no era más que una abstracción vacía; que también Homero y Shakespeare habían sido sólo literatos, especialistas dotados, que lograron prestar a sus obras esa apariencia de lo suprapersonal y eterno. Sabía todo esto a medias, como suelen saber estas cosas evidentes y terribles las personas inteligentes y habituadas a pensar. Sabía o intuía que también una parte de sus propias tentativas de escritor causarían a lectores de épocas posteriores la impresión de «auténtica poesía», que tal vez literatos posteriores pensarían con nostalgia en él y su época como si de una edad de oro se tratase, en la que aún hubieran existido verdaderos poetas, verdaderos sentimientos, hombres verdaderos, una verdadera naturaleza y un verdadero espíritu. Como él bien sabía, ya el apacible provinciano de la época feudal y el gordo burgués de una pequeña ciudad medieval habían comparado con idéntica actitud crítica y sentimental su propia época refinada y corrupta con un ayer inocente, ingenuo, espiritual, y habían considerado a sus antepasados y su modo de vida con la misma mezcla de envidia y compasión con que el hombre actual tendía a considerar la bienaventurada época anterior al invento de la máquina de vapor.

Al literato le eran familiares todos estos pensamientos, conocidas todas estas verdades. Lo sabía: el mismo juego, el mismo anhelo ávido, noble, sin esperanza, de algo auténtico, eterno, valioso en sí mismo, que le impulsaba a llenar hojas de papel escrito, empujaba también a todos los demás, al general, al ministro, al diputado, a la elegante dama, al aprendiz de tendero. Todos los hombres, iluminados por secretas ilusiones, cegados por ideas preconcebidas, seducidos por ideales, anhelaban de algún modo, muy inteligente o muy tonto, poco importaba, salir de sí mismos y de los límites de lo posible. No había teniente que no llevase consigo la imagen de Napoleón... ni Napoleón que en su época no se sintiera como un imitador, no considerara sus hazañas medallas de juguete, sus objetivos ilusiones. Nadie había quedado fuera de ese baile. Nadie tampoco había dejado de experimentar en algún momento, a través de alguna hendidura, la certeza de ese engaño. Ciertamente existían los perfectos, los dioses humanos, había existido Buda, Jesús, Sócrates. Pero incluso ellos sólo habían alcanzado la plenitud y habían sido penetrados totalmente por la omnisciencia en un único instante: el instante de su muerte. En efecto, su muerte no había sido más que la última penetración del conocimiento, el último don por fin logrado. Y posiblemente cada muerte tenía ese significado, posiblemente cada moribundo era una persona que estaba alcanzando su plenitud, que desechaba el engaño de la muerte, que se abandonaba, que no deseaba ser nada.

Este tipo de reflexiones, aun cuando tan poco complicadas, estorban mucho los esfuerzos, las acciones del hombre, su continua participación en su juego. Y así, el trabajo del poeta aplicado tampoco progresaba mucho a esa hora. No existía palabra alguna que mereciera ser escrita, ni pensamiento alguno que realmente fuese necesario comunicar. No, era una lástima desperdiciar papel, más valía dejarlo sin escribir.

El literato apartó la pluma y guardó sus papeles en el cajón con esa sensación; de haber tenido un fuego a mano, los hubiese arrojado al mismo. La situación no era nueva; se trataba de una desesperación paladeada ya con frecuencia, que ya había sido domada y al mismo tiempo había adquirido una cierta resistencia. Se lavó las manos, se puso el abrigo y el sombrero, y salió. Cambiar de lugar era uno de sus recursos largo tiempo acreditados; sabía que no era bueno permanecer largo rato en la misma habitación con todo el papel escrito y en blanco cuando se hallaba en ese estado de ánimo. Más valía salir, tomar el aire y ejercitar la vista en las escenas callejeras. Podía suceder que le viniese al encuentro una mujer hermosa o que topase con un amigo, que una horda de colegiales o cualquier entretenimiento gracioso de un escaparate le llevaran a cambiar de pensamientos, podía resultar que en una esquina le atropellase el automóvil de uno de los señores de este mundo, de un editor de periódicos o de un rico panadero: meras posibilidades de cambiar de situación, de crear nuevas circunstancias.

Vagabundeó lentamente en medio del aire casi primaveral, vio matas de campanillas que inclinaban la cabeza en los tristes y reducidos céspedes plantados frente a las casas de pisos, respiró el húmedo y tibio aire de marzo, que le indujo a dirigirse a un parque. Allí se sentó en un banco, al sol, entre los árboles deshojados, cerró los ojos y se entregó al juego de los sentidos a esa hora soleada de primavera temprana: qué suave el contacto del viento en las mejillas, qué hirviente ya el sol lleno de oculto ardor, qué penetrante e inquieto el olor de la tierra, qué alegres los pasos infantiles que de tanto en tanto pisaban juguetones la arena de los senderos, qué cariñoso y perfectamente dulce el canto de un mirlo en algún lugar del desnudo arbolado. Sí, todo era muy hermoso, y puesto que la primavera, el sol, los niños, el mirlo no eran más que cosas muy antiguas, que ya habían alegrado al hombre millares y millares de años atrás, en realidad resultaba incomprensible que en el momento presente no fuese posible escribir un poema de primavera tan hermoso como los compuestos hacía cincuenta o cien años. Y sin embargo no era así. El más tenue recuerdo de la canción de primavera de Uhland (naturalmente con la música de Schubert, cuya fabulosa obertura, tan penetrante y conmovedora, sabía a primavera temprana) bastaba para indicar a un poeta actual que esas cosas cautivadoras ya habían sido narradas por el momento y que no tenía sentido querer imitar a toda costa esas creaciones de tan insuperable plenitud, que exhalaban bienaventuranza.

En el preciso instante en que sus pensamientos iban a entrar de nuevo en ese viejo derrotero estéril, el poeta frunció los ojos con los párpados cerrados y a través de una pequeña rendija de los ojos —aunque no sólo con éstos— percibió una ligera reverberación y un tenue destello, islas de rayos de sol, reflejos luminosos, espacios de sombra, cielo azul veteado de blanco, un cono centelleante de luces movedizas, lo que cualquiera puede ver al guiñar los ojos, pero reforzado de algún modo, de alguna forma valioso y único, transformado de percepción en experiencia por la acción de alguna sustancia secreta. Lo que centelleaba con múltiples destellos, reverberaba, se desvanecía, ondeaba y batía alas no era un mero tumulto de luz procedente del exterior, y esos fenómenos no se desarrollaban sólo en el ojo, también eran vida, bullente impulso interior, y correspondían al espíritu, al propio destino. Ésta es la manera de ver de los poetas, de los «visionarios»; de este modo embelesador y conmovedor ven quienes han sido alcanzados por Eros. Se había desvanecido el recuerdo de Uhland y Schubert, ya no había un Uhland, ya no había poesía, ya no había pasado, todo era instante eterno, experiencia, verdad íntima.

Entregado a la maravilla, que ya otras veces experimentara, pero para la que creía haber perdido tiempo ha toda vocación y toda gracia, permaneció instantes eternos suspendido en lo intemporal, en la conjunción del mundo y el espíritu, vio moverse las nubes al impulso de su aliento, sintió girar el cálido sol dentro de su pecho.

Pero mientras miraba fijamente con los ojos entornados, abandonado a la rara experiencia, entrecerrando todos los sentidos, pues sabía perfectamente que la corriente fatua procedía del interior, allí cerca, en el suelo, percibió algo que le cautivó. Tardó un rato en advertir, paulatinamente, que se trataba del pequeño pie de una niña. Lo cubría un zapato de cuero marrón y pisaba la arena del sendero con vigor y alegría, apoyando el peso en el tacón. Ese zapatito de niña, ese cuero marrón, esa alegría infantil de la pequeña suela al pisar, ese trocito de media de seda que cubría el tierno tobillo, recordaron algo al poeta, inundaron su corazón de forma repentina y apremiante como si formasen parte del recuerdo de una experiencia importante, pero no logró dar con la clave. Un zapato de niña, un pie de niña, una media de niña: ¿qué importancia tenía todo eso? ¿Dónde se hallaba la pista? ¿Dónde se encontraba el manantial de su espíritu que respondía ante esa imagen entre millones, la acariciaba, la atraía, la tenía por cosa cara e importante? Abrió del todo los ojos un instante y pudo ver la figura completa de la niña, una niña bonita, por el lapso que dura un medio latido de corazón. Pero inmediatamente advirtió que esa imagen ya nada tenía que ver con él, que no se trataba de la que tenía importancia para él, e involuntariamente, a toda prisa, volvió a cerrar los ojos con tal fuerza que sólo llegó a divisar durante el resto de un instante el pie infantil que desaparecía. Luego cerró completamente los ojos, recordando el pie, palpando su significado, pero sin saberlo, afligido por esa búsqueda inútil, satisfecho por la fuerza de esa imagen en su espíritu. En algún lugar, en algún momento, había percibido ese piececito en el zapato marrón, esa imagen ahogada luego por las experiencias. ¿Cuándo había sucedido eso? Oh, debía haber ocurrido mucho tiempo atrás, en su preshistoria, tan lejano semejaba, tan remoto se le aparecía, procedente de una profundidad tan inconcebible, tan hondo había caído en el pozo de sus pensamientos. Era posible que lo hubiera llevado consigo, perdido y jamás reencontrado hasta ese día, desde su primera infancia, desde aquella época fabulosa cuyos recuerdos aparecen todos tan borrosos e irrepresentables y tan difíciles de invocar, y sin embargo resultan más llenos de colorido, más cálidos y más plenos que todos los recuerdos posteriores. Meció largo rato la cabeza, cerrados los ojos, mucho tiempo estuvo reflexionando y una y otra vez, vio perfilarse ese, aquel hilo, esa serie, aquella cadena de vivencias, pero la niña, el zapatito marrón, no se adecuaban a ninguna de ellas. No, no podía dar con ello, era inútil proseguir esa búsqueda.

Hurgaba entre los recuerdos afectado por el mismo error de óptica que sufre aquel que no logra reconocer lo que tiene muy próximo, porque lo cree muy distante y por consiguiente confunde todas las formas. Pero en cuanto renunció a sus esfuerzos, dispuesto ya a dejar esa ridícula pequeña vivencia y a olvidarlo todo, cambió la situación y el zapatito se situó en la perspectiva adecuada. De súbito, con un profundo suspiro, el hombre advirtió que el zapatito no estaba debajo de todo en el atestado cuarto de imágenes de su ser íntimo, que no formaba parte de las posesiones más antiguas, sino que era una adquisición muy nueva y reciente. Le parecía que hacía sólo unas horas que había tenido relación con esa niña, que prácticamente acababa de ver correr ese zapato.

Y entonces, de golpe, lo supo. Sí, claro que sí; eso era, ahí estaba la niña que correspondía al zapato, y ésta formaba parte del fragmento de un sueño que el escritor había tenido la noche pasada. Dios mío, ¿cómo era posible olvidar de ese modo? Se había despertado en medio de la noche, lleno de felicidad y conmovido por la fuerza secreta de su sueño, con la sensación de haber adquirido una experiencia importante, magnífica... y al cabo de poco se había vuelto a dormir, y una hora de sueño matutino había sido suficiente para borrar otra vez toda la magnífica experiencia, de tal forma que no la había recordado más hasta que se la rememorara la visión fugaz de un pie de niña. ¡Tan fugaces, tan pasajeras, tan presas del azar resultaban las experiencias más profundas, más maravillosas del espíritu! E incluso en esos momentos no lograba reconstruir todo el sueño de la pasada noche. Sólo quedaban escenas sueltas, en parte inconexas, algunas frescas y llenas de vitalidad, otras ya grises y polvorientas, captadas ya en proceso de desvanecimiento. Pero ¡qué hermoso, qué profundo, qué exaltante había sido el sueño! ¡Cómo le había latido el corazón al despertar por primera vez, embelesado e inquieto como en las festividades de la infancia! ¡Cómo le había inundado la viva sensación de haber experimentado algo noble, importante, inolvidable, imposible de perder! ¡Y un par de horas más tarde sólo le quedaba ese fragmento, ese par de imágenes ya desvaídas, ese débil eco en el corazón; el resto se había perdido, había pasado, ya no tenía vida!

Al menos ese poco se habría salvado de forma definitiva. El escritor tomó en seguida la decisión de recolectar todo lo que aún quedase del sueño en sus recuerdos y transcribirlo con la máxima fidelidad y exactitud posibles. En el acto sacó una libreta del bolsillo y tomó las primeras notas a fin de recuperar como pudiese la estructura y el entorno de todo el sueño, sus líneas principales. Pero de nada le sirvió. Ya no le era posible identificar ni el comienzo ni el final del sueño, y no sabía el lugar que ocupaban dentro de la historia soñada la mayor parte de los fragmentos aún a mano. No, era preciso comenzar de otra forma. Ante todo debía salvar lo que aún estaba a su alcance, debía retener en seguida el par de imágenes aún vivas —sobre todo el zapatito— antes de que también saliesen volando, tímidas aves encantadas.

Del mismo modo que un excavador intenta descifrar la inscripción que ha hallado en una antigua lápida a partir de las pocas letras o signos que aún resultan comprensibles, nuestro hombre deseaba leer su sueño recomponiéndolo pedazo a pedazo.

En el sueño se había relacionado de algún modo con una niña, una niña extraordinaria, tal vez no verdaderamente hermosa, pero maravillosa en algún sentido, una niña de unos trece o catorce años, pero que aparentaba tener menos. Tenía el rostro tostado por el sol. ¿Los ojos? No, no podía verlos. ¿El nombre? Desconocido. ¿Relación con él, la persona que soñaba? ¡Alto, ahí estaba el zapatito marrón! Vio el mismo pie que se movía acompañado de su hermano gemelo, lo vio bailar, lo vio dar pasos de baile, los pasos de un boston. Oh, sí, volvía a saber un montón de cosas. Tenía que empezar todo de nuevo.

En resumen: en el sueño había bailado con una maravillosa niña desconocida, una niña de rostro moreno, con zapatos marrones: ¿no lo tenía todo de esa tonalidad? ¿También el cabello? ¿También los ojos? ¿También el vestido? No, eso ya no lo sabía; era de suponer, parecía posible, pero no era seguro. Debía mantenerse dentro de los límites de lo seguro, de lo que daba base real a sus reflexiones, de lo contrario perdía todo punto de referencia. Ya entonces comenzó a intuir que esa investigación del sueño lo llevaría muy lejos, que había emprendido un camino largo, sin fin. Y precisamente entonces dio con otro fragmento.

Sí, había bailado con la pequeña, o había querido, o debido, bailar con ella, y la niña había ejecutado, todavía por su cuenta, una serie de lozanos pasos de baile, muy elásticos y dotados de una energía encantadora. ¿Habían llegado a bailar en realidad los dos? ¿No lo había hecho ella sola? No. No, él no había bailado, sólo había querido hacerlo, más aún, había acordado con alguien que bailaría con esa morenita. Pero después ella había comenzado a bailar sola, sin él, y él había sentido cierto temor o timidez ante la idea de bailar; se trataba de un boston, no conocía bien ese baile. No obstante, ella había empezado a bailar, sola, juguetona, sus zapatitos marrones habían descrito cuidadosamente, con un ritmo maravilloso, las figuras del baile sobre la alfombra. Pero ¿por qué no había bailado también él? O ¿por qué había deseado bailar en un principio? ¿Qué acuerdo había sido ese? No logró descubrirlo.

Se hizo otra pregunta: ¿qué aspecto tenía la simpática muchachita? ¿A quién le recordaba? Pensó largo rato en vano, todo parecía inútil otra vez, y por un momento llegó a impacientarse y a irritarse, estuvo a punto de dejarlo correr todo de nuevo. Pero ya comenzaba a aparecer una nueva idea, se divisaba otro rastro. La pequeña se parecía a su amada... oh, no, no se le parecía, incluso le había sorprendido encontrarla tan distinta, pese a ser efectivamente su hermana. ¡Alto! ¿Su hermana? Oh, ahora todo el rastro resultaba claro otra vez, todo adquiría sentido, todo estaba de nuevo al descubierto. Volvió a comenzar las notas, entusiasmado con la inscripción que de pronto empezaba a perfilarse, profundamente conmovido por la recuperación de las imágenes que creía perdidas.

Había sucedido así: en el sueño había aparecido su amada, Magda, y no se había mostrado pendenciera y malhumorada como en los últimos tiempos, sino extraordinariamente amable, algo callada, pero alegre y bonita. Magda le había recibido con una curiosa ternura silenciosa, le había dado la mano, sin un beso, y le había explicado que deseaba presentarle por fin a su madre; y además de la madre había conocido a la hermana pequeña, que estaba destinada a ser más tarde su amada y esposa. La hermana era mucho más joven y le gustaba el baile; la mejor forma de conquistarla sería bailar con ella.

¡Qué hermosa había aparecido Magda en ese sueño! ¡Cómo había brillado en sus ojos, en su frente clara, en su espesa cabellera fragante todo lo extraordinario, adorable, espiritual, tierno de su ser, tal como él lo viviera en las primeras imágenes que de ella se formara en la época de máximo amor!

Y entonces, en el sueño, le había llevado a una casa, a su casa, a la casa de su madre y de su infancia, a la casa de su espíritu, para que viera a su madre y a su hermanita más bonita, para que conociera a esa hermana y la amase, puesto que le estaba destinada como amada. Pero ya no podía recordar la casa, sólo un vestíbulo vacío en el que tuvo que esperar, y tampoco podía representarse ya a la madre; al fondo sólo se vislumbraba una mujer de edad, una ama o enfermera, vestida de gris o de negro. Pero entonces había venido la pequeña, la hermana, una niña encantadora, de unos diez u once años pero cuya manera de ser parecía de catorce. En particular, su pie resultaba tan infantil en el zapato marrón, tan absolutamente inocente, risueño e incauto, tan poco aseñorado y, sin embargo, ¡tan femenino! Había recibido su saludo con simpatía, y a partir de ese momento Magda había desaparecido, sólo quedaba la pequeña. Recordando el consejo de Magda, la había invitado a bailar. Y ella había aceptado en seguida, arrebolada, y había comenzado a bailar, sola, sin vacilación, y él no había osado enlazarla y bailar con ella, en primer lugar porque resultaba tan bella y perfecta en su danza infantil, y también porque bailaba un boston, un baile que no era su fuerte.

En medio de sus esfuerzos por recuperar las imágenes del sueño, el literato tuvo que reírse un instante de sí mismo. Le vino a la memoria que poco antes aún había estado pensando en lo inútil que resultaba esforzarse por componer un nuevo poema de primavera, considerando que todo eso ya había sido dicho antes de forma insuperable; pero al recordar el pie de la niña cuando bailaba, los ligeros movimientos adorables del zapatito marrón, la nitidez del paso de baile que trazaba sobre la alfombra, y el hecho de que, no obstante, toda esa hermosa gracia y seguridad estaba cubierta de una capa de timidez, de un olor de vergüenza infantil, comprendió que bastaba componer un canto a este pie de niña para superar todo lo que habían dicho los poetas anteriores sobre la primavera y la juventud y el presentimiento del amor. Pero en cuanto sus reflexiones comenzaron a perderse por estos derroteros, en cuanto comenzó a jugar distraído con la idea un poema «A un pie en un zapato marrón», percibió con temor que todo el sueño estaba a punto de escapársele de nuevo, que todas las imágenes anímicas perdían densidad y se esfumaban. Angustiado, impuso orden en sus ideas, advirtiendo, empero, que en ese momento, aun cuando hubiese tomado nota de su contenido, el sueño había dejado de pertenecerle por completo, que comenzaba a hacerse viejo y extraño. Y al instante tuvo también la sensación de que siempre sucedería lo mismo: que esas encantadoras imágenes sólo le pertenecerían e impregnarían su espíritu con su fragancia mientras permaneciese junto a ellas de todo corazón, sin otras ideas, sin proyectos, sin preocupaciones.

El poeta emprendió el camino de regreso pensativo, transportando el sueño ante sí como si se tratase de un juguete infinitamente frágil, hecho de finísimo cristal. Iba lleno de inquietud por su sueño. ¡Ay, si sólo lograse volver a reconstruir plenamente la figura de la amada del sueño! Recomponer el todo a partir del zapato marrón, del paso de baile, del resplandor del rostro moreno de la pequeña, a partir de esos escasos y preciosos restos, le parecía lo más importante del mundo. Y, de hecho, ¿no debía tener infinita importancia para él? Ese gentil ser primaveral ¿no le había sido prometido como amor?, ¿no había nacido en los mejores y más profundos manantiales de su alma?, ¿no se le había aparecido como la imagen de su futuro, como presagio de las posibilidades de su destino, como su más auténtico sueño de dicha? Y mientras se inquietaba, muy en el fondo se sentía, empero, infinitamente feliz. ¿No era maravilloso que fuese posible soñar tales cosas, que uno llevase consigo ese mundo hecho de la más etérea materia mágica, que en el alma, tantas veces escudriñada con desespero en busca de algún resto de fe, de alegría, de vida, que en esa alma pudiesen brotar tales flores?

Al llegar a casa, el literato cerró la puerta tras sí y se echó en un diván. Libreta en mano, releyó atentamente las anotaciones y descubrió que de nada le servían, que no ofrecían nada, que sólo creaban obstáculos y confusión. Arrancó las hojas y las destruyó meticulosamente, al tiempo que decidía no concentrarse, y súbitamente volvió a encontrarse esperando en ese vestíbulo vacío de la casa desconocida; al fondo divisó a una señora de edad, vestida de negro, que caminaba arriba y abajo muy inquieta, volvió a percibir el momento predestinado: Magda acababa de salir en busca de su nueva amada, más joven, más hermosa, la verdadera y eterna amada. La mujer lo contempló amable y preocupada, y bajo sus facciones y bajo su vestido gris aparecieron otras facciones y otros vestidos, rostros de amas y enfermeras de su propia infancia, el rostro y la bata gris de su madre. Y sintió que el futuro, el amor, también le salían al encuentro en esa casa de recuerdos, en ese círculo de imágenes maternales, fraternales. Al amparo de ese vestíbulo vacío, bajo las miradas de preocupadas, amables, fieles madres y Magdas, había crecido la niña cuyo amor debía favorecerlo, cuya posesión debía hacer su dicha, cuyo futuro también sería el suyo.

Y vio también cómo extraordinariamente tierna y sincera, sin un beso, lo saludaba Magda; su rostro encerraba de nuevo, bajo la luz dorada del crepúsculo, todo el encanto que antaño ofreciera para él; en el momento de la renuncia y la separación refulgía una vez más tan adorable como en sus tiempos más bienaventurados; su rostro más denso y profundo anticipaba a la más joven, la más hermosa, la auténtica, la única, a la que había venido a presentarle y a ayudarle a conquistar. Parecía la propia imagen del amor, con su humildad, su capacidad de transformación, su magia entre maternal e infantil. Su rostro reunía todo lo que un día viera, soñara, deseara y cantara en esa mujer, toda la transfiguración y la adoración que le había aportado en la época cumbre de su amor; toda su alma, unida a su propio amor, se había hecho rostro, fulguraba visiblemente en las facciones sinceras, queridas, sonreía triste y amistosa por sus ojos. ¿Sería posible decir adiós a tal amada? Pero la mirada de ella decía que era preciso despedirse, que debía suceder algo nuevo.

Y lo nuevo entró sobre ágiles piececitos: entró la hermana, pero no se le veía el rostro, nada se le veía claramente excepto que era pequeña y graciosa, que llevaba zapatos marrones, que tenía el rostro moreno y que sus vestidos eran castaños, y que sabía bailar con una perfección embelesadora. Y además el boston, el baile que su futuro amante no sabía nada bien. Nada podía expresar mejor la superioridad de la niña sobre el adulto —experimentado, con frecuencia desengañado— que el hecho de que bailase con tanta ligereza y gracia y perfección, ¡y además el baile que él no dominaba, en el que él no tenía esperanza de superarla!

El literato pasó todo el día ocupado con su sueño, y cuanto más profundizaba en él, más bello le resultaba, más le parecía que superaba todas las composiciones de los mejores poetas. Mucho tiempo, durante días enteros, acarició deseos y planes de escribir este sueño de forma que manifestase esa infinita belleza, profundidad e intimidad, no sólo para el que lo soñara, sino también para otros. Tardó en abandonar estos deseos y esfuerzos y en comprender que debía contentarse, en su interior, con ser un verdadero poeta, un soñador, un visionario de espíritu, pero que su obra debería seguir siendo la de un simple literato.

Trágico
(1922)

Cuando le comunicaron que el cajista Johannes llevaba una hora esperando en el vestíbulo y que se negaba rotundamente a marcharse o a posponer la entrevista, el jefe de redacción asintió con una sonrisa algo melancólica y resignada e hizo girar el sillón circular para recibir al que en ese momento entraba sin hacer ruido. Conocía de antemano todas las peticiones que le traía el fiel tipógrafo de blanca barba; sabía que esa solicitud sería un asunto sin solucción, tan sentimental como aburrido; sabía que no podía satisfacer los deseos de ese hombre y que el único favor que podía hacerle era escucharlo con expresión atenta, y, puesto que el solicitante, que llevaba muchos años trabajando en el periódico como tipógrafo, no sólo era una persona simpática y digna de consideración, sino también un hombre culto —de hecho un escritor apreciado, casi famoso, del período premoderno—, sus visitas, que según su experiencia tenían lugar una o dos veces al año y siempre con la misma finalidad y el mismo resultado, más bien fracaso, le producían al redactor una sensación mezcla de compasión y embarazo, que fue en aumento, hasta convertirse en fuerte malestar, cuando el visitante entró silenciosamente y cerró la puerta tras de sí sin un ruido, lleno de cautelosa afabilidad.

—Siéntese, Johannes —dijo el jefe de redacción en tono alentador (casi el mismo tono que antaño empleara, como redactor literario, con los jóvenes escritores, y que ahora utilizaba para los jóvenes políticos)—. ¿Cómo van las cosas? ¿Alguna queja?

Johannes le miró, tímido y triste, con sus ojos circundados de un enorme número de pequeñas arrugas, ojos de niño en un rostro de viejo.

—Lo mismo de siempre —dijo con voz suave y confiada—. Y cada vez es peor, nos vamos acercando rápidamente al desastre total. Acabo de identificar síntomas terribles. Hoy en día el lector no sólo recibe gustoso, en las noticias diversas y en el comentario deportivo, por no hablar ya de los anuncios, lo que hace diez años hubiese puesto los pelos de punta incluso a un lector medio: además, esos errores, esas monstruosidades y degeneraciones se han convertido en algo lógico, han pasado a ser la norma, aparecen incluso en la novela, en el editorial, hasta en los escritos de buenos autores conocidos. Hasta en sus artículos, señor jefe de redacción, con perdón, ¡hasta en los suyos! Acabaré por callarme, dejaré de repetir que nuestra lengua escrita ya no es más que una jerga de mendigos, empobrecida y piojosa, que han desaparecido todas las formas bellas, ricas, destacadas, cultas; que hace años que no encuentro en un artículo de fondo un futuro exacto, por no hablar de una frase rica, plena, de noble construcción, de fluir elástico, un párrafo con una estructura consciente, que vaya subiendo de intensidad con elegancia y se cierre con donaire. Sé que así son las cosas. Tal como han eliminado las aves del paraíso, los elefantes y los tigres reales de Borneo y todas aquellas islas, así también han aniquilado y extirpado todos los giros, todos los bellos juegos y matices de nuestra amada lengua. Ya sé que es imposible salvar nada. Pero los errores directos, los crasos descuidos que no se rectifican, ¡la total indiferencia incluso por las reglas fundamentales de la lógica gramatical! Ay, señor, ahora, por vieja costumbre, comienzan una frase con un «aun cuando» o «por una parte», y al cabo de apenas un par de líneas olvidan las implicaciones, ciertamente poco complicadas, que supone abrir una frase de este modo, tergiversan la oración subordinada, se pasan a otra construcción; y todavía son los mejores, los que al menos intentan encubrir el escándalo con un guión, atenuarlo recurriendo a unos pequeños puntos suspensivos. Ya sabe, señor jefe de redacción, que ese guión también forma parte de su arsenal. Años atrás me molestaba, no lo soportaba, pero ha llegado el momento en que lo acojo conmovido cuando aparece de vez en cuando, en que le estoy profundamente agradecido por ese hermoso guión, que no deja de ser un resto del pasado, una muestra de cultura, de remordimiento de conciencia con que el escritor confiesa, de forma abreviada, en clave, que reconoce ciertas obligaciones respecto a las leyes del lenguaje, que hasta cierto punto le duele y lamenta tener que pecar con tanta frecuencia contra el santo espíritu de la lengua, empujado por deplorables exigencias.

El jefe de redacción, que durante este discurso había proseguido tras los párpados cerrados los cálculos en que le interrumpiera la visita, abrió lentamente los ojos, los posó sereno sobre Johannes, sonrió con afabilidad y dijo despacio, sosegadamente, buscando visiblemente formulaciones decentes por consideración al anciano:

—Mire, Johannes, tiene toda la razón; además, ya se lo he reconocido otras veces. Tiene razón: la lengua de antaño, esa lengua cultivada, bien cuidada, que gran número de autores aún conocían, con cierta proximidad por lo menos hace veinte o treinta años, esa lengua se ha perdido. Se perdió del mismo modo que las edificaciones de los egipcios y los sistemas de los agnósticos, tal como hubieron de desaparecer Atenas y Bizancio. Es un hecho triste, querido amigo, un hecho trágico —al oír esta palabra, el cajista se estremeció y separó los labios como si fuese a exclamar algo, pero se contuvo y se dejó caer resignado en la postura anterior—, pero estamos destinados a aceptar los hechos consumados, y debemos procurar aceptarlos, ¿no le parece?, por triste que resulte. Como ya le he dicho en otras ocasiones: es hermoso guardar cierta fidelidad al pasado, y en ningún caso dejaré de comprender esa fidelidad, más aún, debo admirarla. Pero esto de aferrarse a cosas y situaciones que están destinadas a desaparecer debe tener sus límites: la vida misma nos establece estos límites, y si los traspasamos, si nos aferramos obstinadamente a lo viejo, entramos en contradicción con la vida misma, la cual es más fuerte que nosotros. Le comprendo perfectamente, créame. Naturalmente, usted que tiene fama de extraordinario conocedor de esa lengua, de esa bella tradición heredada, usted, el antiguo poeta, debe lamentar más que otros la situación de decadencia o desaparición en que se encuentra nuestra lengua, toda nuestra vieja cultura. Es triste, tragi... —al oír estas palabras, Johannes se estremeció otra vez, de modo que el jefe de redacción buscó involuntariamente otra expresión— es una ironía del destino que, siendo cajista, deba contemplar a diario esta decadencia, que de hecho deba participar y hasta cierto punto deba colaborar en ella. Pero ni usted, ni yo, ni nadie podemos remediarlo. Debemos dejarlo estar y adaptarnos a las circunstancias.

El jefe de redacción contempló con simpatía el rostro al mismo tiempo infantil y preocupado del viejo tipógrafo. Era preciso reconocer que esos representantes de los viejos tiempos, de la época premoderna que se suele llamar «sentimental», los cuales iban desapareciendo poco a poco, eran personas agradables pese a sus rezongos. Prosiguió en tono benévolo:

—Querido amigo, sabe que las últimas composiciones poéticas se publicaron en nuestro país hace unos veinte años, en parte aún bajo forma de libro, hecho que, a decir verdad, comenzaba a ser muy raro, y en parte en las páginas literarias de los periódicos. Luego, de forma totalmente repentina, en realidad, todos caímos en la cuenta de que algo fallaba en esa poesía, que resultaba superflua, incluso disparatada. Entonces advertimos, adquirimos conciencia de algo que venía sucediendo hacía tiempo a nuestras espaldas y que de pronto aparecía ante nuestros ojos como hecho consumado: había pasado el tiempo del arte, en nuestro mundo habían muerto el arte y la cultura, y más valía abandonarlos por completo que seguirlos arrastrando, muertos como estaban. En aquel momento, a todos, yo incluido, nos resultó duro tomar esta decisión, y sin embargo obramos correctamente al acatarla. El que desee leer a Goethe o algo por el estilo puede seguir haciéndolo, nada ha perdido con que no se vaya acumulando día tras día una montaña de nueva poesía, cada vez más mala y enervante. Todos nos hemos resignado. Incluso usted, Johannes, aceptó la situación, abandonando su oficio de poeta y buscándose un trabajo sencillo para ganarse el pan. Y si ahora, en su vejez, sufre demasiado al verse obligado, como cajista, a entrar tan a menudo en conflicto con la tradición y la cultura de la lengua que aún venera, entonces, querido amigo, voy a darle un consejo: ¡Deje este pesado trabajo que tan pocas satisfacciones le da...! ¡Espere, déjeme terminar! ¿Teme perder su fuente de ingresos? Pero no, ¡en ese caso seríamos unos brutos! No, ni hablar de pasar estrecheces. Tiene su seguro de vejez y, además, nuestra empresa —puedo darle mi palabra— le concederá una pensión vitalicia, de modo que puede contar con los mismos ingresos que recibe en la actualidad.

Se sentía satisfecho de sí mismo. Esa solución de la pensión se le acababa de ocurrir mientras hablaba.

—Bueno, ¿qué le parece? —preguntó sonriente.

Johannes no pudo responder de inmediato. Al oír las últimas palabras del buen señor, su viejo rostro de niño había adquirido una expresión de enorme terror, los labios marchitos se habían quedado completamente pálidos, los ojos, con la mirada fija y desconcertada. Tardó un rato en recuperarse. Miraba a su jefe con desilusión. Y el viejo comenzó a hablar, muy bajito, pero de un modo terrible y angustiosamente apremiante, esforzándose penosamente por expresarse de forma correcta, convincente, irrebatible. En la frente se le formaban y desaparecían pequeñas manchas rojas, los ojos y el rostro, inclinado para oír mejor, suplicaban fervorosos, el cuello, enjuto y arrugado, se doblaba sumiso, ansioso, asomando por el ancho cuello de la camisa. Johannes habló así:

—Por favor, señor jefe de redacción, ¡perdone que le haya molestado! No volverá a suceder nunca más. Lo he hecho para bien, pero comprendo que me hago pesado. También comprendo que no puede ayudarme, que la rueda nos arrastra a todos. ¡Pero, por amor de Dios, no me quite mi trabajo! Me tranquiliza diciéndome que no pasaré hambre... ¡pero eso nunca me ha dado miedo! Incluso trabajaría gustoso a cambio de un sueldo más reducido; en realidad mi rendimiento no es ya muy elevado. Pero ¡déjeme mi trabajo, déjeme mi servicio!, de lo contrario me mataría.

Y prosiguió muy bajito, con ojos relucientes, voz más cálida y tensa:

—Sólo tengo este servicio, ¡es lo único que me hace vivir! ¡Ay, señor, cómo puede haberme propuesto algo tan terrible, usted, el único que todavía me conoce, el único que sabe quien fui!

El jefe de redacción intentó calmar la angustiada excitación del hombre palmeándole varias veces los hombros con un murmullo tranquilizador. Aún inquieto, pero percibiendo la benevolencia y simpatía del otro, Johannes siguió hablando después de una breve pausa:

—Señor jefe de redacción, sé que en su primera juventud leyó obras de Nietzsche. Pero yo también las he leído. Una noche, cuando tenía diecisiete años, estaba leyendo el Zarathustra en mi querida buhardilla de estudiante y llegué a las páginas que contienen el canto de la noche. Jamás, en los casi sesenta años que han pasado, he olvidado esa hora en que leí por primera vez las palabras: «Es de noche, y ahora hablan más alto todas las fuentes saltarinas...» Pues en ese momento adquirió sentido mi vida; entonces comencé a prestar el servicio que me sigue ocupando; en ese momento, como la luz del relámpago, me impresionó la maravilla del lenguaje, la inexpresable magia de la palabra; deslumbrado, contemplé un ojo inmortal, palpé una presencia divina y me entregué a ella, la acepté como destino, amor, fortuna y fatalidad. Después leí a otros poetas, encontré palabras más nobles, más sagradas que ese canto de la noche; atraído por el magnetismo descubrí a nuestros grandes poetas, que ya nadie conoce, descubrí a Novalis, dulce como un sueño, grave como un sueño, cuyas palabras mágicas saben todas a vino y a sangre, y al fogoso joven Goethe, y a Goethe, el viejo, con su sonrisa misteriosa, descubrí a Kleist con su oscura precipitación, su respirar dificultoso, a Brentano, embriagado, a Hoffmann, fluido y palpitante, al querido Mörike, al lento y meticuloso Stifter, y a todos, todos los magníficos: ¡Jean Paul! ¡Armin! ¡Büchner! ¡Eichendorff! ¡Heine! Me aferré a ellos; mi deseo era ser su hermano menor, mi sacramento, beber su lenguaje; el gran bosque sagrado de estos poetas pasó a ser mi templo. He vivido en su mundo, durante un tiempo casi llegué a considerarme su igual, he conocido la maravillosa voluptuosidad de revolcarse en el blando tejido de las palabras como el viento revolotea entre las tiernas hojas caídas en verano, de hacer sonar las palabras, hacerlas bailar, hacerlas crujir, temblar, restallar, cantar, gritar, helarse, tiritar, vacilar, solidificarse. Había personas que veían en mí un poeta, cuyos corazones servían de arpa a mis melodías. Pero, basta ya de esto, basta. Llegó esa época que usted también quiso mencionar antes, esa época en que toda nuestra generación se apartó de la poesía, en que todos advertimos como un escalofrío otoñal: ya se han cerrado las puertas del templo, ya es de noche, y cae la oscuridad sobre los bosques sagrados de la poesía, ningún contemporáneo puede encontrar el hilo mágico que permite adentrarse en lo divino. Todo calló, los poetas nos perdimos en silencio en la tierra decepcionada a la que se le había muerto el gran Pan.

El jefe de redacción se irguió con una sensación de profunda incomodidad, una sensación disonante, molesta. ¿Adónde iba a parar ese pobre viejo! Le miró disimuladamente, como diciendo: «Bueno, déjelo correr, ¡ya lo sabemos!» Pero Johannes aún no había terminado.

—Entonces —prosiguió en voz baja y forzada—, entonces, yo también me despedí de la poesía, cuyo corazón había dejado de latir. Pasé una época mutilado y con las ideas embotadas, hasta que la disminución y, por último, la total desaparición de los habituales ingresos que me preporcionaban mis escritos me obligaron a ganarme el pan de otra manera. Me hice cajista porque casualmente había aprendido ese oficio trabajando como voluntario para un editor. Y no lo he lamentado, aun cuando en los primeros años me resultó sumamente duro realizar un trabajo manual. Pero en él encontré lo que necesitaba, lo que todo ser humano necesita para poder vivir: una misión, algo que diera sentido a mi existencia. Distinguido señor, los cajistas también sirven en el templo de la lengua, su trabajo manual también está al servicio de las palabras. Ahora que ya soy viejo puedo confesárselo con franqueza: todos estos años, sin decir nada, he corregido muchos millares y decenas de millares de errores lingüísticos, he rectificado muchos millares de frases mal construidas, en artículos de fondo, folletines, comunicados parlamentarios, en las judiciales, en las locales y en los anuncios. ¡Oh, qué satisfacción me producía! ¡Qué hermoso era restituir a la amada lengua una apariencia sana, no desfigurada, dando un par de toques mágicos al dictado precipitado de un redactor demasiado atareado, a la cita balbuciente de un orador parlamentario seudointelectual, a la sintaxis deformada, paralítica de un reportero! Pero, con el tiempo, esto fue haciéndose cada vez más difícil, fue aumentando la diferencia entre mi lenguaje escrito y el que estaba de moda, se fueron ensanchando las fisuras de la construcción. Un editorial que hace veinte años podía curar con diez o doce zalamerías, requeriría ahora centenares y millares de correcciones para hacerlo legible según mi punto de vista. Era imposible, me veía obligado a renunciar cada vez con mayor frecuencia. Pero, usted lo sabe, no soy absolutamente rígido y reaccionario, por desgracia también he aprendido a hacer concesiones, a no oponerme ya al gran mal.

»Pero todavía me queda lo otro, lo que antes llamaba mi «pequeña misión» y que hace tiempo ha pasado a ser la única. Compare, señor, una columna compuesta por mí con la de cualquier otro periódico y la diferencia le saltará a la vista. Los cajistas actuales, sin excepción, se han adaptado hace años a la corrupción de la lengua, incluso la apoyan y la aceleran. Prácticamente ninguno recuerda que existe una tierna norma íntima, una norma artística no escrita, según la cual debe ponerse una coma aquí, dos puntos allí y un punto y coma más allá. ¡Y qué desastre, qué crimen, el tratamiento que reciben, ya en los originales mecanografiados, y luego en los textos tipográficos, esas palabras que se encuentran al final de una línea y tienen la desgracia de ser demasiado largas, de modo que es preciso separarlas en dos! Es horrible. Incluso en nuestro periódico he tenido que encontrar, cada vez en mayor número a medida que transcurren los años, centenares de miles de esas pobres palabras, estranguladas, mal separadas, laceradas y violentadas. Éste es ahora mi terreno, aquí puedo proseguir aún la batalla cotidiana, hacer el bien en pequeña escala. ¡Y usted no sabe, no se imagina, señor, qué bello es, qué buena y agradecida la mirada de una palabra liberada del potro de tormento, de una frase aclarada con la interpretación correcta! ¡No, por favor, no me vuelva a pedir que abandone todo esto, que lo deje en la estacada!

Aunque hacía lustros que conocía a Johannes, el jefe de redacción no le había oído hablar nunca con tanta vehemencia y de forma tan personal, y en tanto se endurecía por dentro ante lo estúpido y exagerado de su discurso, no podía dejar de encontrarle cierto valor secreto. Tampoco le pasó por alto lo valioso que resultaba en un tipógrafo este tierno esmero y dedicación al trabajo. Su rostro inteligente se inundó nuevamente de amabilidad y dijo:

—Bueno, Johannes, me ha convencido por completo. Vistas las circunstancias, retiro naturalmente mi propuesta... que le hice con toda buena intención. ¡Siga componiendo, prosiga su misión! Y si puedo complacerle en algo, comuníquemelo.

Se levantó y tendió la mano al tipógrafo, convencido de que éste por fin se marcharía.

Pero Johannes estrechó la mano con efusión y le desanimó otra vez al decir:

—¡Gracias de todo corazón, señor jefe de redacción, qué bondadoso es! Sí, tengo un ruego, una pequeña súplica. ¡Si pudiera ayudarme un poco!

Sin sentarse, el jefe de redacción le invitó a hablar con una mirada algo impaciente.

—Se trata —dijo Johannes—, se trata otra vez de la palabra «trágico», señor, ya sabe, hemos hablado de ello en otras ocasiones. Ya conoce la mala costumbre del reportero que considera trágica cualquier desgracia, cuando la palabra «trágico»... bueno, tengo que abreviar, ya es suficiente. En fin, que cuando un ciclista sufre una caída, cuando un niño recibe quemaduras, cuando alguien se cae de la escalera mientras recoge cerezas, el hecho es calificado con la profanada palabra «trágico». Casi había logrado corregir al redactor anterior, no le dejaba en paz, iba a verler cada semana, y era una buena persona, reía y muchas veces cedía, es posible que incluso comprendiese, al menos en parte, por qué me preocupaba. Pero el nuevo redactor de noticias breves, señor jefe de redacción... no lo juzgaré en otros aspectos, pero apenas exagero al decir que cada gallina atropellada le sirve de oportuna excusa para abusar de esa sagrada palabra. Si me diese la oportunidad de hablar seriamente con él, si le rogase que me escuchase con atención al menos una sola vez...

El jefe de redacción se dirigió al intercomunicador, apretó un botón y dijo unas palabras por el micrófono.

—El señor Stettiner estará aquí a las dos y le dedicará algunos minutos. Yo ya le habré informado. ¡Pero, sea breve al hablar con él!

El viejo cajista se despidió agradecido. El jefe de redacción le vio deslizarse a través de la puerta, vio asomar el cabello blanco sobre el curioso traje de paño gastado, vio la espalda encorvada del fiel servidor, y no le dolió no haber logrado reducir al viejo a la inmovilidad. ¡Ojalá se quedase! ¡Ojalá se repitiese esa audiencia una o dos veces al año! No le guardaba rencor. Le comprendía perfectamente. Pero al señor Stettiner, al que Johannes fue a ver a las dos, no le sucedía otro tanto, y con los problemas del trabajo, el jefe había olvidado por completo que debía informarle.

El señor Stettiner, en apariencia un útil joven colaborador del periódico que había ascendido rápidamente de reportero de locales a miembro de la redacción, no se iba con rodeos y, como reportero, había aprendido a tratar con todo tipo de personas. Pero el fenómeno de Johannes le resultaba absolutamente extraño y logró desconcertar a ese hombre de mundo. De hecho, nunca había sabido, jamás había imaginado que existiese, o pudiera existir, un hombre así. Además, como redactor, creía tener conocimientos suficientes, no se sentía obligado a recibir consejos y enseñanzas de un cajista, aunque éste tuviera cien años —y antaño, en un pasado sentimental, hubiese sido una celebridad—, aunque se hubiese tratado del propio Aristóteles. De ese modo sucedió lo irremediable; al cabo de escasos minutos, el caballero, acalorado y furioso, puso a Johannes en la puerta, le hizo salir de su oficina. También sucedió que media hora más tarde, después de componer una columna llena de un error tras otro, Johannes se desplomó en la sala de composición con un gemido, y al cabo de una hora había fallecido.

Ante la súbita pérdida de su veterano, el personal de la sala de composición, tras un breve conciliábulo, decidió enviar colectivamente una corona a su sepelio. Pero el señor

Stettiner se sintió obligado a comunicar el óbito en una pequeña nota, considerando que a pesar de todo Johannes había sido ùna cierta celebridad treinta o cuarenta años atrás.

Escribió: «Trágica muerte de un poeta.» Entonces recordó que Johannes tenía una predisposición contra la palabra «trágico», y además la extraordinaria apariencia del anciano y su súbito fallecimiento poco después de su entrevista le habían impresionado tanto que se sentía obligado a honrar un poco al difunto. Bajo ese estado de ánimo, tachó el título de la nota, lo sustituyó por las palabras «Lamentable fallecimiento», que también le parecieron insuficientes e insípidas, se impacientó, hizo un esfuerzo, y acabó encabezando su nota con las palabras «Uno de la vieja guardia».

Infancia del mago
(1923)

De tu fuente voy sacando
dulces sagas del pasado,
en lontananza oigo tus dorados cantos,
cómo ríes, cómo sueñas, cómo en silencio lloras.
La palabra mágica susurra
apremiante desde tu profundidad;
creo dormir embriagado
y que me atraes lejos, muy lejos...

No me educaron sólo padres y maestros, sino también poderes superiores, más ocultos y secretos, entre ellos también el dios Pan, que mi abuelo guardaba en su vitrina bajo forma de ídolo danzante indio. Esta divinidad, y otras más, se hicieron cargo de mi infancia, y mucho antes de que supiera leer y escribir me habían llenado ya de tal modo de antiguas imágenes e ideas orientales, que más adelante cualquier encuentro con las costumbres indias y chinas me pareció un reencuentro, un retorno a lo familiar. Y sin embargo soy europeo, incluso nací bajo el activo signo de de Sagitario y toda mi vida he practicado las virtudes occidentales de la violencia, la codicia y la curiosidad insaciable. Afortunadamente, como la mayoría de los niños, antes de empezar la escuela ya había comenzado a aprender lo más indispensable y valioso para la vida; me lo enseñaron los manzanos, la lluvia y el sol, los ríos y bosques, las abejas y los escarabajos, me lo enseñó el dios Pan, me lo enseñó el ídolo danzante en la cámara del tesoro del abuelo. Sabía arreglármelas en el mundo, frecuentaba sin temor animales salvajes y estrellas, conocía a fondo los huertos y el agua donde habitaban los peces y ya sabía un buen número de canciones. También sabía hacer magia —saber que por desgracia pronto perdí y que sólo tuve que reaprender a edad avanzada— y disponía de toda la sabiduría legendaria de la infancia.

A ello se vinieron a sumar las ciencias escolares, que me resultaban fáciles y me divertían. Con mucho acierto, la escuela no se ocupaba de esas serias habilidades que resultan indispensables para la vida, sino que se dedicaba sobre todo a pasatiempos divertidos y agradables, en los que solía entretenerme con frecuencia, y a inculcar conocimientos, algunos de los cuales me han servido lealmente toda la vida; así, aún conozco muchas bellas y graciosas palabras latinas, así como versos y refranes, y el número de habitantes de muchas ciudades del mundo entero, naturalmente no el número actual de habitantes, sino el que tenían en los años ochenta.

Hasta los trece años jamás me preocupé seriamente de lo que sería de mí ni del oficio que podría aprender. Como a todos los muchachos, me gustaban y atraían muchas ocupaciones, como cazador, maderero, carretero, equilibrista, explorador polar. Pero lo que más me hubiera gustado, con mucho, era llegar a ser mago. Hacia allí se orientaba mi instinto más profundo, más íntimo, cierta insatisfacción con lo que se solía denominar «realidad» y que a veces me parecía únicamente una necia convención de los adultos; pronto me acostumbré a rechazar esa realidad de determinada manera, a veces angustiada, a veces burlona, y comencé a abrigar el ardiente deseo de hechizarla, transformarla, elevarla. En la infancia, este deseo mágico se orientó hacia objetivos visibles, infantiles: me hubiese gustado cosechar manzanas en invierno y llenar mi bolsa de oro y plata por arte de magia, soñaba que paralizaba a mis enemigos con una fórmula mágica, para confundirlos luego con mi generosidad y ser proclamado vencedor y rey; deseaba descubrir tesoros enterrados, resucitar muertos y poder hacerme invisible. De hecho, preciaba mucho este arte de hacerse invisible y lo codiciaba con toda mi alma. El deseo de dominarlo, junto con todos los otros poderes mágicos, me acompañó toda la vida bajo múltiples formas, que con frecuencia ni yo mismo reconocía de inmediato. Así, más tarde, cuando ya hacía tiempo que me había convertido en adulto y practicaba el oficio de literato, muchas veces intenté hacerme invisible tras mis composiciones, cambiar mi nombre por frívolos seudónimos cargados de significado —intentos que, curiosamente, mis colegas tomaron a mal con frecuencia y que dieron origen a malentendidos—. Al rememorar, veo que toda mi vida ha estado regida por el signo de esta ansia de poderes mágicos; advierto que los objetivos de mis deseos mágicos fueron cambiando con el tiempo, que gradualmente fui apartándolos del mundo exterior y centrándolos en mí mismo, que poco a poco dejé de preocuparme por transformar las cosas, para dedicarme a mi propia transformación, que después aprendí a sustituir el tosco manto que hace invisible por la invisibilidad del sabio, el cual conoce pero permanece desconocido; ésta sería la interpretación más real de mi biografía.

Fui un chico vivaz y feliz, sabía jugar con el hermoso mundo multicolor, estaba a mis anchas en todas partes, tanto entre los animales y las plantas como en la selva de mis propias fantasías y sueños, me sentía satisfecho de mis fuerzas y capacidades, mis ardientes deseos no me preocupaban, sino que más bien me complacían. Sin saberlo, en aquella época practiqué varias artes mágicas, con mucha mayor perfección que la que alcanzaría posteriormente. Me resultaba fácil granjearme estimación, fácil adquirir influencia sobre otros, con facilidad me situaba en el papel de dirigente, o de solicitado, o de misterioso. Durante años tuve atemorizados a mis compañeros y parientes más pequeños, convencidos de que tenía verdaderos poderes mágicos, de que dominaba a los demonios, de que tenía derechos adquiridos sobre tesoros ocultos y coronas. Viví largo tiempo en el paraíso, a pesar de que mis padres me hicieron conocer la serpiente a edad temprana. Largo tiempo perduró mi sueño infantil, el mundo me pertenecía, todo era presente, todo se organizaba a mi alrededor constituyendo un hermoso juego. Si alguna vez sentí una insatisfacción y una nostalgia, si alguna vez el mundo alegre me pareció sombrío y problemático, en la mayoría de los casos me resultó fácil volver al otro mundo, más libre, sin antagonismos, de la fantasía, y al retornar de éste volví a encontrar encanto y atractivo en el mundo exterior. Viví largo tiempo en el paraíso.

En el pequeño jardín de mi padre había un cobertizo de listones en el que tenía conejos y un cuervo domesticado. Allí pasé horas interminables, tan largas como una época entera, rodeado de calor y satisfacción de propietario; los conejos olían a vida, a hierba y leche, a sangre y procreación; y en el duro ojo negro del cuervo brillaba la luz de la vida eterna. En el mismo lugar pasé otras horas interminables, por la noche, a la luz de un cabo de vela, junto a los cálidos animales dormidos, solo o con un compañero, y tracé planes para recuperar tesoros fantásticos, para obtener la raíz de mandrágora y para emprender triunfantes expediciones por el mundo necesitado de ayuda, expediciones en las que ejecutaba bandidos, salvaba desgraciados, liberaba prisioneros, quemaba guaridas, hacía crucificar a los traidores, perdonaba vasallos renegados, conquistaba princesas y comprendía el lenguaje de las fieras.

En la gran biblioteca de mi abuelo había un libro desmesuradamente grande y pesado; lo consultaba y leía a menudo. Aquel libro inagotable contenía antiguos grabados fantásticos; unas veces aparecían claros y seductores en cuanto uno abría y comenzaba a hojear el libro; otras, uno los buscaba largo rato y no los encontraba, habían desaparecido, por arte de magia, como si nunca hubiesen estado allí. En ese libro había un relato, infinitamente bello e incomprensible, que solía leer a menudo. Tampoco lograba encontrarlo siempre, el momento debía ser favorable; a veces había desaparecido por completo y permanecía oculto, otras parecía haber cambiado de sitio, en ciertas ocasiones la lectura resultaba extraordinariamente agradable y casi comprensible, en otras totalmente oscura y hermética como la puerta de la buhardilla, tras la cual a veces podía oírse la risa o los gemidos de los fantasmas en la oscuridad. Todo estaba lleno de realismo y también de magia, ambas cosas medraban íntimamente unidas, las dos me pertenecían.

El ídolo danzante de la India, que estaba en la vitrina llena de tesoros del abuelo, tampoco era siempre el mismo ídolo, no tenía siempre la misma cara, no bailaba la misma danza a todas horas. A veces era un ídolo, una figura curiosa y algo jocosa, como las que hacían y adoraban pueblos extraños e inconcebibles en lejanas tierras inconcebibles. Otras veces era un hechizo, importantísimo e indeciblemente siniestro, ávido de sacrificios, colérico, severo, poco digno de fiar, burlón, incluso me parecía que provocaba mis risas para luego vengarse de mí. Podía cambiar la mirada, pese a estar hecho de metal amarillo; a veces guiñaba el ojo. En otras ocasiones era todo símbolo, ni feo ni hermoso, ni malo ni bueno, ni cómico ni temible, sólo antiguo e inconcebible como una vieja ruina, como una mancha de musgo sobre las rocas, como el dibujo de una piedra, y tras su forma, tras su rostro y su imagen vivía Dios, se extendía el infinito, que entonces, de niño, adoré y reconocí sin darle nombre, con el mismo fervor que más tarde cuando lo llamé Shiva, Vishnú, Dios, vida, brahman, atman, tao o madre eterna. Era padre, era madre, era mujer y hombre, sol y luna.

Y en la vitrina, junto al ídolo, y en otros armarios del abuelo había guardados, colgados y tirados muchos otros entes y utensilios, cadenas de cuentas de madera semejantes a rosarios, rollos de hojas de palma grabadas con antiguos grafismos indios, tortugas talladas en piedra verde, estatuillas de dioses de madera, cristal, cuarzo, arcilla, colchas de seda y de lino bordadas, vasos y fuentes de latón, y todo ello procedía de la India y de Ceilán, la isla paradisíaca de los helechos y las costas orladas de palmeras y los suaves cingaleses de ojos de ciervo, procedía de Siam y de Birmania, y olía a mar, a selva y lejanía, a canela y sándalo, había pasado por manos morenas y amarillas, lo habían humedecido las lluvias tropicales y el agua del Ganges, lo había quemado el sol ecuatorial, y había recibido la sombra de la selva. Y todas esas cosas pertenecían al abuelo, y él, el viejo, respetable, fuerte, con su ancha barba blanca, omnisapiente, más poderoso que el padre y la madre, él poseía muchas otras cosas y poderes: no sólo le pertenecían los ídolos y los juegos indios, todas las tallas, las pinturas, las vasijas de coco y las sillas de madera de sándalo, la sala y la biblioteca, sino que también era un mago, un erudito, un sabio. Comprendía todas las lenguas que hablan los hombres, más de treinta, tal vez incluso las de los dioses, posiblemente también el lenguaje de las estrellas, sabía hablar y escribir pali y sánscrito, sabía canciones kanara, bengalíes, hindúes, cingalesas, conocía las prácticas religiosas de los musulmanes y los budistas, aunque era cristiano y creía en el dios trinitario, había pasado muchos años y décadas en peligrosas, cálidas tierras orientales, había viajado en barcas y carros de bueyes, a caballo y a lomo de mula, nadie sabía mejor que él que nuestra ciudad y nuestro país no eran más que una porción muy pequeña de la tierra, que millones de millones de hombres tenían una fe distinta de la nuestra, otras costumbres, lenguajes, colores de piel, otros dioses, virtudes y vicios. Le quería, le respetaba y le temía, todo lo esperaba de él, le confiaba todo, sin cesar aprendía de él y de su dios Pan disfrazado bajo apariencia de ídolo. Ese hombre, el padre de mi madre, estaba rodeado de un bosque de recuerdos, del mismo modo que su rostro estaba circundado por una maraña de barba blanca, de sus ojos manaba aflicción por el mundo y una serena sabiduría, conocimientos aislados y picardía divina, según los casos. Le conocían, le respetaban y le visitaban gentes de muchos países, hablaban con él en inglés, francés, indio, italiano, malayo, y después de largas conversaciones volvían a marcharse sin dejar rastro, tal vez fueran amigos suyos, tal vez emisarios, tal vez criados y representantes. En él, el insondable, descubrí también el origen del misterio que rodeaba a mi madre, lo secreto, lo remoto, y ella también había pasado largo tiempo en la India, y también hablaba y cantaba lengua malajalam y kanar, intercambiaba con su anciano padre palabras y refranes en mágicas lenguas desconocidas. Y al igual que él, de vez en cuando esbozaba la sonrisa de lo desconocido, la sonrisa encubierta de la sabiduría.

Mi padre era distinto. Era un ser aparte. No pertenecía al mundo de los ídolos y del abuelo, ni tampoco a la vida cotidiana de la ciudad, se mantenía apartado, solitario, sufriendo y buscando, culto y bondadoso, intachable y ferviente servidor de la verdad, pero muy lejos de esa sonrisa, noble y tierna, pero clarividente, desprovisto de ese misterio. Nunca le abandonaba la bondad, ni la inteligencia, pero jamás desaparecía en esas nubes mágicas propias del abuelo, su rostro no se perdía nunca en esa cualidad infantil y divina, cuya expresión a veces parecía indicar duelo, otras una broma refinada, y otras se asemejaba a una muda máscara divina ensimismada. Mi padre no hablaba la lengu india con mi madre, sino inglés y un alemán puro, claro, hermoso, con un ligero acento báltico. Me atrajo, me conquistó y me enseñó hablando esta lengua; a veces le imitaba, lleno de admiración y celo, con excesiva ansiedad, aunque sabía que mis raíces estaban más arraigadas en el suelo de mi madre, en los ojos oscuros y el misterio. Mi madre estaba llena de música; mi padre no, él no sabía cantar.

A mi lado crecieron hermanas y dos hermanos mayores, hermanos grandes, envidiados y respetados. A nuestro alrededor se extendía la pequeña ciudad, vieja y contrahecha; en torno a ella las montañas boscosas, severas y un poco tenebrosas, y atravesándolo todo corría un hermoso río, retorcido y vacilante, y todo esto me era querido y lo consideraba mi patria, y conocía exactamente las hierbas y el suelo, las rocas y cuevas, los pájaros, ardillas, zorros y peces del bosque y el río. Todo me pertenecía, era mío, era mi patria... pero, por otra parte, tenía la vitrina y la biblioteca, y la burla bondadosa en el rostro sabio del abuelo, y la mirada cálida y oscura de mi madre, y las tortugas e ídolos, los cantos y proverbios indios, y esas cosas me hablaban de un mundo más ancho, de una patria más grande, de unos orígenes más antiguos, de un contexto más amplio. Y arriba, en su alta jaula de alambre, estaba sentado nuestro papagayo rojigris, viejo e inteligente, con cara sabia y aguzado pico, cantaba y hablaba y, también él, procedente de un lugar lejano, desconocido, entonaba lenguas selváticas y olía a Ecuador. Muchos mundos, muchas partes de la tierra, extendían los brazos y proyectaban sus rayos desde nuestra casa, se encontraban y se entrecruzaban allí. Y la casa era grande y vieja, con muchas habitaciones, en parte vacías, con sótanos y grandes pasillos llenos de ecos que olían a piedra y frescor e interminables buhardillas llenas de madera y frutas y corrientes de aire y oscuro vacío. En esta casa se cruzaban las emanaciones de muchos mundos. Se rezaba y se leía la Biblia, se estudiaba y se practicaba la filología india, se hacía buena música, se conocía a Buda y Lao Tsé, a ella llegaban visitantes procedentes de muchos países, con un aire extraño y extranjero en el vestir, con curiosas maletas de cuero y de fibra trenzada y el sonido de lenguas desconocidas, en esa casa se daba de comer a los pobres y se celebraban fiestas, la ciencia y los cuentos convivían allí en estrecha compañía. También había una abuela a la que temíamos un poco y no conocíamos mucho, porque no hablaba alemán y leía una Biblia francesa. En esa casa la vida era multifacética y no siempre resultaba comprensible, la luz se proyectaba en un arco iris de colores, la vida resonaba con plenitud en múltiples acordes. Era algo hermoso y me gustaba, pero más hermoso aún era el mundo de mis deseos, más ricos aún mis sueños. La realidad nunca estaba a la altura, requería un poco de magia.

La magia era algo familiar en nuestra casa y también lo fue en mi vida. Además de los armarios del abuelo, mi madre tenía los suyos, llenos de telas, vestidos y velos exóticos, y también eran mágicas las miradas de los ídolos, olía a misterio en algunas viejas alcobas y en los rellanos de las escaleras. Y en mí había muchas cosas que reflejaban este ambiente. Ciertos objetos y relaciones existían sólo dentro de mí y únicamente para mí. Se trataba de algo sumamente misterioso, incomunicable, totalmente fuera de la realidad cotidiana, y sin embargo nada había más verdadero. Esa cualidad ya se daba en la caprichosa aparición y desparición de los grabados y relatos de ese libro grande, y en las transformaciones en la apariencia de las cosas, tal como las veía producirse de una hora a otra. ¡Qué aspecto tan distinto tenían la puerta principal, el jardín y la calle un domingo por la tarde y un lunes por la mañana! ¡Qué cara más distinta ponían el reloj y el Cristo del comedor los días que allí reinaba el espíritu de mi abuelo y los días que allí habitaba el espíritu de mi padre, y cómo se transformaba todo de nuevo durante las horas en que ningún espíritu extraño, más que el mío, ponía su impronta sobre las cosas, en que mi alma jugaba con los objetos y les daba nuevos nombres y significados! Una silla o un taburete bien conocidos, una sombra junto a la estufa, el retrato impreso en un periódico, podían volverse hermosos o feos y malos, importantes o banales, deseables o amedrentadores, cómicos o tristes. ¡Qué poco fijas, estables, permanentes eran las cosas! ¡Cuán vivo estaba todo, cómo sufría transformaciones, anhelaba cambios, estaba al acecho de su liberación y reencarnación!

Pero de todos los fenómenos mágicos, el más importante y maravilloso era «el hombrecillo». No sé cuándo lo vi por primera vez; creo que siempre estuvo ahí, que vino conmigo al mundo. El hombrecillo era un ser diminuto, gris y desdibujado, espíritu o duende, ángel o demonio, que a veces estaba ahí y caminaba delante de mí, en sueños y también de día, y al que tenía que obedecer, más que al padre, más que a la madre, más que a la razón, con frecuencia incluso más que al miedo. Cuando se me aparecía el hombrecillo, sólo él existía, y fuera donde fuese o hiciera lo que hiciese, yo tenía que imitarle: aparecía en momentos de peligro. Cuando me seguía un perro malo, un compañero mayor enfurecido, y mi situación se hacía delicada, entonces, en el momento más difícil, aparecía el hombrecillo, se ponía a correr delante de mí, me mostraba el camino, me traía la salvación. Me indicaba el listón suelto de la verja del jardín, a través del cual me escabullía en el último momento, me mostraba exactamente lo que era necesario hacer: dejarse caer, dar media vuelta, huir, gritar, callar. Me quitaba de la mano lo que estaba a punto de comer, me conducía al lugar donde volvía a encontrar pertenencias perdidas. Había épocas en que le veía a diario. Otras en que se mantenía apartado. Las segundas no eran épocas buenas, todo resultaba tibio y turbio, no sucedía nada, no había progreso.

Una vez, en el mercado, el hombrecillo se puso a correr delante de mí y yo le seguí, y corrió hacia la inmensa fuente con su pila de piedra más alta que un hombre, en la que caían los cuatro chorros de agua, trepó por la pared de piedra hasta el reborde, y yo tras él, y cuando se arrojó a las profundas aguas con un ágil salto, yo también salté, no tenía opción, y por poco me ahogo. Pero no me ahogué, me salvaron, y me salvó una bonita joven vecina a quien hasta entonces casi no conocía y con la que trabé una hermosa amistad y una chusca relación que me alegró largo tiempo.

Un día, mi padre tuvo que pedirme explicaciones por alguna fechoría. Logré salir del paso más o menos bien, lamentando una vez más que resultase tan difícil hacerse comprender por los mayores. Hubo algunas lágrimas y un ligero castigo, y para terminar, mi padre me regaló un bonito calendario de bolsillo, con objeto de que no olvidase la ocasión. Me marché algo avergonzado y poco satisfecho con lo sucedido; estaba cruzando el puente del río cuando, de pronto, el hombrecillo se puso a correr delante, saltó la barandilla del puente y me indicó por señas que arrojase al río el regalo de mi padre. Lo hice en el acto; cuando el hombrecillo estaba presente no había dudas ni titubeos, esto sólo ocurría cuando él faltaba, cuando se mantenía apartado y me dejaba en la estacada. Recuerdo que un día fui a pasear con mis padres y se me apareció el hombrecillo; caminaba por el lado izquierdo de la calle, y yo tras él, y cada vez que mi padre me ordenaba volver al otro lado, junto a él, el hombrecillo no venía conmigo, se obstinaba en seguir por la izquierda, y cada vez tenía que regresar de inmediato junto a él. Mi padre se hartó y acabó por dejarme ir por donde quisiera, estaba molesto, y sólo al regresar a casa me preguntó por qué le había desobedecido de ese modo y había tenido que ir por el otro lado de la calle. En esas ocasiones me quedaba perplejo, me veía en un verdadero apuro, pues era absolutamente imposible decir una palabra a nadie sobre el hombrecillo. Descubrir al hombrecillo, mencionarlo, hablar de él, era lo más prohibido, lo peor, el pecado más grave. Ni siquiera podía pensar en él, llamarlo o desear que acudiera. Cuando estaba ahí, me parecía perfecto, y le seguía. Cuando no estaba, era como si nunca hubiese existido. El hombrecillo no tenía nombre. Pero no seguirlo cuando aparecía era lo más imposible del mundo. Fuera donde fuese, yo iba tras él, aunque se arrojase al agua, o al fuego. No es que me ordenase o aconsejase tal o cual cosa. No, simplemente hacía esto o lo otro, y yo le imitaba. Era tan imposible no imitar lo que hacía como que mi sombra no siguiera mis movimientos. A lo mejor yo sólo era la sombra o el reflejo del hombrecillo, o él el mío; a lo mejor yo hacía antes que él o al mismo tiempo lo que de él creía imitar. Sólo que no siempre estaba ahí, y cuando él faltaba, a mis actos también les faltaba naturalidad e imperativo, entonces todo hubiera podido ser asimismo de otro modo, entonces a cada paso cabía la posibilidad de moverse o quedarse quieto, de dudar, de reflexionar. Pero todos los buenos pasos alegres y felices de aquella época de mi vida fueron dados sin reflexionar. Posiblemente el reino de la libertad sea también el reino de las equivocaciones.

¡Qué bonita fue mi amistad con la divertida vecina que me sacó del pozo en aquella ocasión! Era alegre, joven y bonita y tonta, de una tontería adorable, casi genial. Le contaba cuentos de ladrones y de magos, y tan pronto se los creía en exceso, como demasiado poco, y me consideraba al menos uno de los sabios de Oriente, lo cual ya me parecía bien. Me admiraba mucho. Cuando le contaba algo divertido, mucho antes de entender el chiste comenzaba ya a reír con fuertes y profundas carcajadas. Se lo hice notar; le pregunté: «Óyeme, señora Anna, ¿cómo puedes reírte de un chiste que todavía no has comprendido? Es una tontería y además resulta ofensivo para mí. O bien entiendes mis chistes y te ríes, o no los coges, pero entonces no tienes por qué reírte y hacer ver que has entendido.» Siguió riendo: «No —gritó—. Eres el chico más listo que he conocido, eres algo fantástico. Llegarás a ser profesor, o ministro, o doctor. No debes tomarte mal eso de que me ría, ¿sabes? Me río simplemente porque me alegra estar contigo y porque eres la persona más divertida del mundo. ¡Pero, vamos, explícame ese chiste!» Se lo expliqué gravemente, todavía tuvo que preguntar un par de cosas, por fin lo captó de verdad, y si bien antes había reído efusiva y profusamente, sólo entonces rió como correspondía, rió con carcajadas frenéticas e irresistibles, que a mí también se me contagiaron. ¡Cómo reíamos a veces, cómo me mimaba y admiraba, qué embelesada la tenía! A veces tenía que recitarle difíciles trabalenguas, tres veces seguidas, muy de prisa. Insistía en que ella también debía intentarlo, pero reía ya antes de empezar, no lograba decir bien ni tres palabras seguidas, y tampoco quería conseguirlo, y cada vez que comenzaba una frase se deshacía en nuevas carcajadas. La señora Anna es la persona más divertida que he conocido. Desde mi inteligencia de muchacho, la consideraba indeciblemente tonta, y al final resultó serlo de verdad, pero ha sido una persona feliz, y a veces me siento inclinado a considerar que las personas felices son secretamente sabias, aunque parezcan tontas. ¡Nada hay más tonto ni hace más desgraciado que la inteligencia!

Pasaron los años y mi relación con la señora Anna se había adormecido, era un colegial ya mayor y ya sufría las fatigas, penas y peligros de la inteligencia, cuando un día volví a necesitarla. Y también esta vez me condujo a ella el hombrecillo. Hacía algún tiempo que me preocupaba el problema de la diferencia entre los sexos y de la procedencia de los niños, la cuestión se hacía cada vez más apremiante y obsesiva, y un día me comenzó a atormentar de tal modo que decidí que prefería no seguir viviendo si no me era posible resolver ese inquietante enigma. Embravecido y dispuesto para la lucha, atravesaba la plaza del mercado, de regreso de la escuela, con la mirada baja, sintiéndome desgraciado y de un humor sombrío, ¡cuando de pronto apareció el hombrecillo! Se había convertido en un visitante muy ocasional, hacía tiempo que me era infiel, o yo a él... y, de pronto, volví a verlo, pequeño y ligero, se puso a correr delante de mí; sólo logré divisarlo un instante antes de que entrara en casa de la señora Anna. Había desaparecido, pero yo ya le había seguido hasta esa casa, y ya sabía por qué, y la señora Anna gritó cuando entré inesperadamente en su cuarto, pues se estaba desvistiendo, pero no me hizo salir, y pronto supe casi todo lo que en ese momento me resultaba tan amargamente necesario saber. De ello hubiera podido resultar un enamoramiento, de no haber sido yo aún demasiado joven para eso.

Esa señora tonta y divertida se diferenciaba de la mayoría de las otras personas mayores en que era tonta pero natural y espontánea, siempre franca, nunca mentía, nunca se quedaba perpleja. La mayoría de las personas mayores eran de otra manera. Había excepciones, como mi madre, esencia de la vida, enigmáticamente eficiente, y mi padre, esencia de la justicia y la inteligencia, y el abuelo, que apenas era ya una persona, el misterioso, multifacético, sonriente, inconcebible. Pero la mayoría de los adultos, aunque fuera preciso respetarlos, no eran más que ídolos de barro. ¡Qué cómicos resultaban con su estúpida comedia cuando hablaban con niños! ¡Qué falso el tono de su voz, qué falsa su risa! ¡Qué importantes se creían, ellos y sus quehaceres y negocios, cuán en serio se tomaban cuando pasaban por la calle con sus herramientas, sus carteras, sus libros bajo el brazo, cómo esperaban ser reconocidos, saludados y venerados! Algunos domingos venía gente a casa de mis padres, venían «de visita», hombres con sombreros de copa en sus torpes manos, enfundadas en tiesos guantes de cabritilla, hombres importantes, dignos, desconcertados con tanta dignidad, abogados y jueces, pastores y maestros, directores e inspectores, con sus esposas algo atemorizadas, algo oprimidas. Se sentaban tiesos en las sillas, se hacían rogar para todo, era preciso ayudarles a cada paso, a sacarse el abrigo, a entrar, a sentarse, a preguntar y responder, a marcharse. Me resultó fácil no tomarme tan en serio este mundo pequeñoburgués como él mismo lo exigía, puesto que mis padres no formaban parte de él y también lo encontraban ridículo. Pero incluso cuando no hacían teatro, no llevaban guantes y no iban de visita, la mayoría de los adultos me parecían sumamente curiosos y ridículos. ¡Cómo se hacían los importantes con su trabajo, con sus talleres y oficinas, qué grandes y sacrosantos se creían! Cuando un carretero, un policía o un adoquinador cerraba la calle era cosa sagrada, les parecía natural que uno se moviera y dejara sitio o incluso les ayudara. Pero los niños, con sus trabajos y sus juegos, no eran importantes, los echaban a un lado y les reñían. ¿Acaso lo que hacían era menos justo, menos bueno, menos importante que las cosas de los mayores? Oh, no, al contrario, pero los mayores eran poderosos, eran los que daban órdenes, los que mandaban. Sin embargo, también tenían sus juegos, al igual que los niños, jugaban a ejercicios de tiro, jugaban a soldados, iban a reuniones y tabernas, pero todo lo hacían con esa cara de importancia y legitimidad, como si así debieran ser las cosas y como si no existiese nada más bello y sagrado.

Reconocía que entre ellos había personas inteligentes, incluso entre los maestros. ¿Pero no resultaba ya extraño y sospechoso que entre todas esas personas «grandes», todas las cuales habían sido niños algunos años atrás, hubiese tan pocas que no hubiesen olvidado y desaprendido por completo qué es un niño, cómo vive, trabaja, juega, piensa, lo que le gusta y lo que le entristece? ¡Pocos, muy pocos, lo sabían todavía! No todos eran tiranos y patanes malos y desagradables con los niños, a los que echaban de todas partes y a quienes miraban con envidia y odio, a veces incluso como si les tuviesen un poco de miedo. No, pero los otros, los que tenían buenas intenciones, los que de vez en cuando entablaban gustosos conversación con los niños, en general tampoco sabían ya de qué iba la cosa, también debían hacer un esfuerzo para relacionarse con nosotros, debían esforzarse para convertirse en niños, pero no en verdaderos niños, sino en tontas e inventadas caricaturas de niño.

Todas estas personas —casi todas— vivían en otro mundo, respiraban otro aire que el de nosotros, los niños. Muchas veces no eran más inteligentes que nosotros, con gran frecuencia no nos aventajaban en nada, excepto en cuanto a ese secreto poder. Eran más fuertes, claro, podían forzarnos y pegarnos si no les obedecíamos voluntariamente. ¿Pero se trataba de verdadera superioridad? ¿Un buey o un elefante no eran acaso más fuertes que cualquier adulto? Pero ellos tenían el poder, ellos mandaban, su mundo y su manera eran aceptados. Sin embargo —y esto me resultaba particularmente curioso y a veces casi espantoso—... sin embargo, había muchos adultos que parecían envidiar a los niños. A veces lo manifestaban abiertamente con toda ingenuidad, diciendo en tono algo lastimero: «¡Sí, los niños sí que os lo pasáis bien!» Si no mentían —y no lo hacían: podía notarlo a veces al oír esas exclamaciones—, entonces los mayores, los poderosos, los dignos, los que daban órdenes, no eran más felices que nosotros, los que debíamos obedecerlos y guardarles respeto. En un álbum de música que estudiaba había también una canción con el sorprendente estribillo: «¡Oh, felicidad, oh, felicidad, ser aún niño!» ¡Qué misterio! Los niños poseíamos algo de lo que carecían los mayores; ¡éstos no eran simplemente más grandes y más fuertes que nosotros, en cierto sentido también eran más pobres! Y ellos, a los que con frecuencia envidiábamos por su gran apariencia, su dignidad, su aparente libertad y espontaneidad, por sus barbas y pantalones largos, ¡ellos envidiaban a veces a los pequeños, incluso en sus canciones!

Conque hubo una época en que a pesar de todo fui feliz. En el mundo, e incluso en la escuela, había muchas cosas que hubiese deseado fuesen distintas; pero, no obstante, era feliz. En efecto, por muchos lados me iban asegurando e inculcando que el hombre no se paseaba por la tierra simplemente para lograr su propia satisfacción y que sólo participaban de la verdadera fortuna los que habían pasado las pruebas y estaban acreditados; lo decían muchos proverbios y versos que aprendí y que con frecuencia encontraba muy hermosos y conmovedores. Sólo que estas cosas, que también parecían preocupar mucho a mi padre, no me afectaban demasiado, y cuando me iba mal, cuando estaba enfermo o tenía deseos no satisfechos, o estaba disgustado y resentido con mis padres, raras veces me refugiaba en Dios: disponía de otros pasadizos secretos que me conducían a la claridad. Los juegos más bonitos se me ocurrían, a menudo, precisamente cuando fallaban los juegos habituales, cuando los trenes, las tiendas y el libro de cuentos ya comenzaban a resultar gastados y aburridos. Y aunque no fuera más que el hecho de cerrar los ojos en la cama al acostarme y perderme en el fabuloso panorama de colores que aparecía frente a mí, ¡cómo palpitaba de nuevo todo, repleto de excitación y misterios, cuán prometedor y lleno de presagios aparecía el mundo!

Los primeros años escolares pasaron sin transformarme mucho. Experimenté que la confianza y la rectitud pueden sernos perjudiciales, un par de maestros sin interés me enseñaron lo más necesario en el saber de la mentira y el disimulo; a partir de ahí fui tirando. Pero lentamente se me fue marchitando la primera flor, lentamente fui aprendiendo también, sin saberlo, ese falso canto de la vida, ese doblegarse ante la «realidad», ante las leyes de los adultos, esa adaptación al mundo «tal como es». Hace tiempo que sé por qué en las canciones de los adultos hay versos como: «¡Oh, felicidad, oh, felicidad, ser aún niño!»; también yo pasé muchas horas en que envidiaba a los que aún son niños.

Cuando, a los doce años, se planteó la cuestión de si debía aprender griego, acepté sin más, pues me parecía indispensable llegar a ser tan culto como mi padre y, en lo posible, como mi abuelo. Pero a partir de ese día mi vida estuvo planificada; debía estudiar y ser pastor o filólogo, pues daban becas para ello. El abuelo había seguido ese mismo camino.

Aparentemente, eso nada tenía de malo. Sólo que de pronto me encontré con un futuro, sólo que un camino trazado cada día y cada mes me acercaba a la meta prescrita, todo conducía hacia allí, todo me llevaba lejos, muy lejos de los juegos y el vivir al día de mi existencia anterior, la cual no había estado desprovista de sentido, pero no tenía un objetivo, un futuro. Iba quedando atrapado en la vida de los adultos, primero sólo por un pelo o por un dedo, pero pronto me habría cogido e inmovilizado del todo: la vida regida por un objetivo, por los números, la vida del orden y los empleos, de la profesión y las calificaciones;

pronto sonaría también para mí la hora, pronto sería estudiante, aspirante, religioso, profesor, iría de visita luciendo un sombrero de copa, llevaría guantes de cabritilla, ya no comprendería a los niños, tal vez los envidiaría. Y, sin embargo, en mi corazón no deseaba nada de eso, no quería salir de mi mundo, donde se estaba bien. En todo caso, cuando pensaba en el futuro, me proponía un objetivo absolutamente secreto. Deseaba ansiosamente una cosa: ser mago.

El deseo y el sueño persistieron largo tiempo. Pero comenzaron a perder fuerza, tenían enemigos, se les oponían otras cosas: lo real, lo serio, lo no negativo en exceso. Lenta, muy lentamente, se marchitó la flor, lentamente, de lo infinito surgió algo limitado, el mundo real, el mundo de los mayores. Lentamente, aunque seguía abrigándolo con vehemencia, mi deseo de ser mago fue perdiendo valor incluso para mí, incluso a mí comenzó a parecerme una chiquillada. Había cosas en las que ya no seguía siendo niño. Ya aparecía limitado el mundo infinito, multifacético, de lo posible, estaba dividido en campos, separado con vallas. Lentamente fue transformándose la selva en que transcurrían mis días, el paraíso que me rodeaba quedó petrificado. En la tierra de lo posible no seguí siendo lo que fuera, príncipe y rey, no llegué a convertirme en mago; aprendía griego, al cabo de dos años vendría a sumarse el hebreo, dentro de seis años sería universitario.

Imperceptiblemente acabé estrangulado, casi sin darme cuenta se desvaneció la magia que me rodeaba. El maravilloso relato del libro del abuelo seguía siendo hermoso, pero sabía el número de la página en que se encontraba, y siempre estaba ahí, cada día y a toda hora, ya no se producía ninguna maravilla. El ídolo danzante de la India sonreía sereno, y era de bronce, casi nunca lo miraba ya, nunca volví a verle guiñar el ojo. Y —lo peor de todo— las apariciones del hombrecillo gris se fueron haciendo cada vez más raras. El desencantamiento me rodeaba por doquier, me resultaban estrechas muchas cosas que antes fueran espaciosas, me parecían pobres, cosas que considerara preciosas.

No obstante, sólo lo percibía en secreto, bajo la piel; por fuera seguía mostrándome alegre y despótico, aprendí a nadar y a patinar, todo parecía ir excelentemente. Sólo que todo había perdido color, sonoridad, comenzaba a aburrirme ir a ver a la señora Anna, que poco a poco todas mis experiencias iban perdiendo algo, no lo advertía, no lo echaba de menos, pero sin embargo había desaparecido y me faltaba. Y precisaba estímulos más poderosos para volver a sentirme íntegro y ardiente, tenía que darme una sacudida y tomar impulso si quería conseguirlo. Me aficioné a las especias fuertes, comía mucho, de vez en cuando robaba algunas monedas para darme cualquier gusto especial, pues de lo contrario no hubiese resultado suficientemente excitante y bueno. También comenzaron a atraerme las muchachas; eso sucedió poco después de que el hombrecillo apareciera una vez más y me condujera nuevamente hasta la señora Anna.

Compendio biográfico

(1924)

En los primeros años de posguerra realicé dos tentativas destinadas a proporcionar a mis amigos, que comenzaban a considerarme un fenómeno un poco problemático, una especie de panorámica sucinta de mi vida, escrita en forma de cuento y en tono semihumorístico. «Infancia del mago», la que personalmente prefiero, se ha quedado en fragmento. La segunda, en la que siguiendo el modelo de Jean Paul intenté la proeza de escribir una «Biografía conjetural» que anticipase el futuro, fue publicada en Berlín en 1925. La presente edición incorpora sólo algunas correcciones sin importancia. Durante años abrigué el proyecto de unificar de algún modo ambos escritos, pero no logré encontrar la manera de conciliar dos textos con un tono y un humor tan distintos.

Nací hacia finales de la época moderna, poco antes de iniciarse el retorno a la Edad Media, bajo el signo de Sagitario y la benévola influencia de Júpiter. Mi nacimiento tuvo lugar un cálido día de julio a primera hora del crepúsculo, y toda mi vida me ha gustado y he deseado inconscientemente la temperatura de aquella hora y la he añorado con dolor cuando me ha faltado. Nunca pude vivir en países fríos, y todos los viajes que emprendí voluntariamente en mi vida estuvieron orientados hacia el Sur. Fui hijo de padres piadosos a los que quería con ternura, y aún les hubiese amado más tiernamente de no haberme inculcado el cuarto mandamiento desde muy temprana edad. Pero el caso es que los mandamientos y preceptos han ejercido siempre un efecto fatal sobre mí, por justos y bienintencionados que fuesen; siendo por naturaleza un cordero y tan fácil de dirigir como una pompa de jabón, me he mostrado, no obstante, siempre rebelde a todo tipo de precepto, sobre todo durante mi juventud. Sólo oír el «deberás», todo mi ser se trastocaba y me obcecaba. Como es de suponer, esta peculiaridad tuvo una importante y perjudicial influencia durante mis años escolares. En efecto, en esa divertida asignatura que denominaban historia mundial, los maestros nos enseñaban que el mundo había sido gobernado, dirigido y transformado por hombres que habían dictado su propia ley y habían roto con los preceptos superados, y nos decían que esos hombres eran dignos de admiración. Sólo que esto era tan falso como todas las otras cosas que enseñaban, ya que cuando alguno de nosotros se mostraba valeroso y, con buena o mala intención, protestaba contra cualquier orden, o simplemente contra una costumbre o una moda estúpida, no le admiraban ni le erigían en modelo, sino que le castigaban, hacían mofa de él y quedaba aplastado por la cobarde superioridad del maestro.

Afortunadamente ya había aprendido las cosas importantes y más valiosas para la vida antes de comenzar la escuela: tenía sentidos despiertos, tiernos y agudos en los que podía confiar y que me proporcionaban muchos goces, y aun cuando más adelante sufrí de modo incurable las seducciones de la metafísica y en ciertos momentos incluso he llegado a mortificar y desatender mis sentidos, la atmósfera de una sensibilidad tiernamente formada, sobre todo en cuanto a la vista y el oído, me ha permanecido, empero, fiel y participa activamente en el mundo de mis pensamientos, incluso cuando éstos parecen abstractos. De modo que mucho antes de comenzar la escuela ya estaba pertrechado para la vida. Conocía bien nuestra ciudad natal, los corrales y los bosques, los huertos y los talleres de los artesanos, conocía los árboles, los pájaros y las mariposas, sabía cantar canciones y silbar entre dientes, y muchas otras cosas útiles para vivir. A ello vinieron a sumarse, además, las ciencias escolares, las cuales me resultaban fáciles y me divertían; la lengua latina, sobre todo, me causaba verdadero placer y comencé a componer casi simultáneamente versos latinos y alemanes. Al segundo año escolar debo el arte de la mentira y la diplomacia, capacidades que me inculcaron un preceptor y un adjunto, después de sufrir una desgracia tras otra a causa de mi franqueza y credulidad infantiles. Esos dos educadores me inculcaron eficazmente que la honestidad y el amor a la verdad no eran cualidades deseadas en los alumnos. Me atribuyeron una fechoría sin importancia que había tenido lugar en la clase y de la cual no era responsable en absoluto, y al no poderme obligar a admitir mi culpabilidad, la menudencia se convirtió en proceso público, y los dos me torturaron y golpearon, y si bien no lograron arrancarme la esperada confesión, sí me hicieron perder toda fe en la decencia de la casta de los maestros. Gracias a Dios, con el tiempo también encontré maestros justos y dignos de consideración, pero el mal estaba hecho y ello no sólo amargó y adulteró mi relación con los profesores, sino también con toda autoridad. Durante los siete u ocho primeros años escolares fui en conjunto un buen alumno, al menos figuré siempre entre los primeros de la clase. Sólo comencé a entrar en conflicto con la escuela al iniciarse esas luchas que no pueden eludir los que deben llegar a ser personalidades. Sólo veinte años más tarde llegué a comprender esas luchas; en aquella época simplemente tenían lugar y me circundaban, contra mi voluntad, como una terrible malaventura.

La situación era así: desde los trece años tuve clara una cosa, o sería poeta o no sería absolutamente nada. Pero a esta evidencia se fue sumando gradualmente otra penosa circunstancia. Era posible llegar a ser profesor, pastor, médico, artesano, comerciante, cartero, y también músico, pintor o arquitecto, todas las profesiones del mundo tenían su vía de acceso, sus condiciones, una escuela, unas clases de iniciación para el principiante. ¡Sólo el poeta no contaba con nada de eso! Estaba permitido e incluso se consideraba un honor que alguien *fuese* poeta: es decir, que tuviera éxito y fuera conocido como poeta, lo cual, por desgracia, generalmente sucedía cuando la persona ya estaba muerta. Pero *convertirse* en poeta era una cosa imposible; *quererlo* ser, una ridiculez y una infamia, según pronto experimenté. Con rapidez asimilé lo que de la situación debía asimilar: sólo se podía ser poeta, pero nadie tenía derecho a convertirse en tal. Además: el interés por la poesía y el propio talento poético resultaba sospechoso a los profesores; éstos lo miraban mal o hacían mofa de él, con frecuencia incluso les inspiraba una mortal compasión. Con el poeta ocurría exactamente lo mismo que con el héroe, y con todos los personajes y sus hazañas, fuertes o bellas, valerosas y poco corrientes: en el pasado, éstas fueron fantásticas, todos los libros escolares rebosaban alabanzas a sus autores, pero en el presente y en la realidad se les odiaba, y cabía la posibilidad de que los profesores hubiesen sido preparados y nombrados precisamente para obstruir en lo posible la aparición de hombres famosos, libres, y la ejecución de grandes, magníficas hazañas.

De suerte que sólo veía abrirse abismos entre mi persona y mi lejana meta, todo me parecía incierto, todo había perdido valor, sólo quedaba en pie una cosa: quería llegar a ser poeta, tanto si era sencillo como difícil, ridículo o respetable. Esta decisión —fatalidad, más bien— tuvo las siguientes consecuencias aparentes:

Cuando tenía trece años y acababa de iniciarse el conflicto, mi comportamiento en casa de mis padres y también en la escuela comenzó a dejar tanto que desear que fui desterrado al colegio latino de otra ciudad. Un año más tarde pasé a ser pupilo de un seminario de teología, aprendí a escribir el alfabeto hebreo y ya no me faltaba mucho para comprender qué es una «dagesch forte implicitum» cuando de pronto se desencadenó dentro de mí una tormenta íntima que me llevó a huir de la escuela monástica, a ser castigado con una pena de reclusión rigurosa en la cárcel universitaria y a ser expulsado del seminario.

Pasé entonces un tiempo esforzándome por sacar adelante mis estudios en un gimnasio, pero también aquello acabó en cárcel universitaria y expulsión. Luego fui aprendiz de tendero durante tres días, volví a escaparme y desaparecí algunos días y noches con gran preocupación de mis padres. Pasé medio año como ayudante de mi padre, trabajé otros seis meses como meritorio en un taller mecánico y y fábrica de relojes de campanario.

Para abreviar: durante más de cuatro años todo lo que intentaron hacer conmigo resultó un rotundo fracaso, en ninguna escuela me querían, no duraba mucho en ningún aprendizaje. Cada tentativa de hacer de mí un hombre acabó en un fracaso, la mayoría de las veces en oprobio y escándalo, o en huida y expulsión, ¡y, no obstante, en todas partes reconocían que tenía buenas dotes e incluso cierto grado de rectas intenciones! Además, también era pasablemente trabajador; siempre he mirado con profundo respeto la elevada virtud de la ociosidad, pero nunca he logrado dominarla. A los quince años, tras fracasar en la escuela, emprendí a conciencia y con energía mi propia formación, y tuve la suerte y la satisfacción de que la casa de mi padre albergase la impresionante biblioteca del abuelo, toda una sala repleta de viejos libros, que contenía entre otras cosas toda la poesía y filosofía del siglo XVIII. Entre los dieciséis y los veinte años, además de llenar montones de papel con mis primeras tentativas poéticas, leí también la mitad de la literatura mundial y me dediqué a estudiar historia del arte, lenguas, filosofía, con una tenacidad que hubiese bastado con creces para proseguir unos estudios normales.

Después me hice librero, con objeto de empezar a ganarme por fin mi propio pan. En todo caso sentía mayor afinidad por los libros que por los tornillos y ruedas dentadas de hierro fundido, que me habían ocupado cuando era mecánico. Nadar en lo nuevo y lo novísimo de la literatura, quedar inundado de novedades, comenzó a ser por primera vez un placer casi embriagador para mí. Sin embargo, lo cierto es que al cabo de un tiempo advertí que, a nivel intelectual, vivir en el mero presente, en lo nuevo y novedoso, resultaba insoportable y era una insensatez, que la vida intelectual sólo comenzaba a ser posible cuando mantenía una constante relación con lo pasado, con la historia, con lo viejo y lo antiguo. De modo que, una vez agotado el primer placer, se me hizo indispensable salir de la riada de novedades para retornar a lo viejo, y así lo hice, pasando del comercio de libros al negocio de antigüedades. Sin embargo, sólo permanecí fiel a esa profesión en tanto me fue necesaria para ir tirando. A los veintiséis años de edad abandoné también esta ocupación a resultas de un primer éxito literario.

De modo que después de tantas tormentas y sacrificios, había alcanzado la meta: había logrado convertirme en poeta, por imposible que hubiera parecido antes, y, aparentemente, había ganado la larga y tenaz batalla contra el mundo. Quedó olvidada y descartada con una sonrisa la amargura de los años de escuela y formación, durante los cuales tantas veces estuve a punto de zozobrar: hasta los parientes y amigos, desesperados conmigo hasta entonces, me sonreían con amabilidad. Había triunfado, y aunque hiciese cosas tontas y sin valor todos las encontraban maravillosas, e incluso yo estaba muy maravillado de mí mismo. Sólo entonces advertí el horripilante aislamiento, ascetismo y peligro en que había vivido año tras año; la brisa templada de la fama me sentó bien y comencé a convertirme en un hombre satisfecho.

Mi vida exterior transcurrió entonces un buen tiempo por cauces tranquilos y agradables. Tenía esposa, niños, casa y jardín. Escribía libros, era tenido por un poeta digno de estimación y vivía en paz con el mundo. El año 1905 colaboré en la fundación de una revista orientada principalmente contra el regimiento personal de Guillermo II, aunque en el fondo no había llegado a tomarme en serio esos objetivos políticos. Realicé bonitos viajes por Suiza, Alemania, Austria, Italia y la India. Todo parecía funcionar perfectamente.

Entonces llegó aquel verano de 1914, y de pronto todo

apareció completamente transformado por dentro y por fuera. Quedó de manifiesto que nuestra anterior prosperidad se erigía sobre terreno inseguro, y así comenzaron los malos tiempos, la gran escuela. Había empezado la llamada época gloriosa y no puedo decir que me encontrase mejor preparado, con más méritos ni hecho una persona mejor que las demás. Lo único que entonces me diferenciaba de otros era que carecía de un gran consuelo que solazaba a tantos: el entusiasmo. Debido a ello, volví a encerrarme en mí mismo y entré en conflicto con el mundo circundante, me llevaron otra vez a la escuela, tuve que volver a desaprender el arte de vivir en paz conmigo mismo y con el mundo, y sólo después de esta experiencia llegué a cruzar el umbral de la iniciación en la vida.

Jamás he olvidado una pequeña experiencia del primer año de guerra. Había ido a visitar un gran hospital en busca de una oportunidad de adaptarme, de un modo u otro, al mundo transformado, presentándome como voluntario, lo que en aquel entonces aún me parecía posible. En ese hospital de campaña conocí a una vieja señorita que antes había vivido con holgura de sus rentas y que ahora trabajaba allí como enfermera. Me contó con conmovedora convicción cuán feliz y orgullosa se sentía de haber podido llegar a vivir esa época gloriosa. Me pareció comprensible, pues esa señorita había necesitado la guerra para pasar de su inerte y absolutamente egotista vida de solterona a una existencia activa y útil. Pero mientras me comunicaba su satisfacción en un pasillo lleno de soldados heridos y mutilados, entre salas atestadas de amputados y moribundos, se me retorcía el corazón. Por mucho que comprendiera el entusiasmo de esa solterona, no podía compartirlo, no podía aprobarlo. Incluso diez heridos por cada enfermera entusiasmada como ésa era un precio demasiado caro a pagar por la satisfacción de esas señoras.

No, no podía compartir el entusiasmo por la época gloriosa, y así sucedió que la guerra me hizo sufrir lastimeramente desde el principio, y durante años luché anonadado contra una desgracia en apariencia venida de fuera y caída del cielo, mientras a mi alrededor todo el mundo actuaba como si precisamente esa misma desgracia les llenara de entusiasmo. Y los artículos de los escritores, que descubrían la bendición de la guerra, y los llamamientos de los profesores, y los poemas de guerra salidos de los estudios de poetas famosos, me hacían sentir aún más miserable.

Un día, en 1915, se me escapó en público una confesión de esa miseria y unas palabras lamentando que los intelectuales sólo supiesen predicar odio, difundir mentiras y alabar la gran desgracia. Esta queja expresada con bastante timidez tuvo como resultado que me declarasen traidor en la prensa de mi patria, una experiencia nueva para mí, pues pese a muchos contactos con la prensa nunca había conocido la situación en que se encuentra quien es objeto del desprecio de la mayoría. Veinte periódicos de mi país publicaron el artículo que contenía esa acusación y sólo dos de mis amigos osaron salir en mi defensa, pese a que creía tenerlos en abundancia en el mundo de la prensa. Viejos amigos me comunicaron que habían alimentado una serpiente en su pecho y que en lo sucesivo ese pecho seguiría latiendo aún por el Kaiser y el Imperio, pero ya no por mí, un degenerado. Recibí profusión de cartas injuriosas de desconocidos, y los libreros me hicieron saber que un autor de opiniones tan reprobables dejaba de existir para ellos. En muchas de esas cartas encontré un adorno que entonces veía por primera vez: un pequeño tampón circular con la inscripción: *Dios castigue a Inglaterra.*

Sería de suponer que este malentendido me hubiera hecho reír a gusto. Pero no me fue posible hacerlo. Esta experiencia, tan banal de por sí, tuvo como fruto el segundo gran cambio en mi vida.

Como recordarán, el primer cambio se había producido en el momento en que tomé conciencia de la decisión de llegar a ser poeta. El antiguo alumno-modelo Hesse se convirtió a partir de entonces en un mal alumno, le castigaban, le expulsaban, no hacía nada de provecho en ninguna parte, causaba constantes preocupaciones a sus padres... todo ello sólo porque no veía posibilidad de conciliar el mundo tal como de hecho es, o parece ser, y la voz de su propio corazón. Lo mismo volvió a repetirse durante los años de guerra. Nuevamente me encontré en conflicto con un mundo con el que hasta entonces había vivido en paz. Todo comenzó a salirme mal otra vez, volví a sentirme solo y miserable, los demás interpretaban nuevamente mal y con hostilidad todo lo que decía y pensaba. De nuevo vi abrirse un abismo insalvable entre la realidad y lo que me parecía deseable, razonable y bueno.

Pero esta vez no me salvé del examen de conciencia. No tardé mucho en verme obligado a seguir buscando la causa de mi sufrimiento no fuera de mí, sino en mí mismo. En efecto, comprendía perfectamente que ningún hombre ni dios, y mucho menos yo, tenía derecho a acusar de locura y rudeza al mundo entero. En mí mismo, por tanto, habían de estar el error y el desorden, cuando entraba de tal manera en conflicto con el resto del mundo. Y el caso es que de hecho sufría un gran desorden. No fue agradable enfrentarme a ese desorden que había en mí y buscarle un sentido. Ante todo quedó clara una cosa: no sólo había pagado demasiado caras las buenas relaciones en que había vivido con el mundo, sino que ese vivir en paz había sido tan falso como la aparente paz que reinaba en la tierra. Había creído que las largas y duras luchas de la juventud me habían valido un lugar en el mundo y que ya era un poeta. Pero, entre tanto, el éxito y la prosperidad habían ejercido su mala influencia, me había dado por satisfecho, apoltronándome, y un examen atento revelaba que el poeta casi no se distinguía de un escritor de amenidades. Me habían ido demasiado bien las cosas. Ahora no me faltaban contrariedades, que son siempre una buena y enérgica escuela, y así fui aprendiendo a dejar que los asuntos del mundo siguiesen su curso y pude ocuparme de la parte que me correspondía en el desconcierto y la culpabilidad generales. Interpretar esta preocupación en base a mis escritos es algo que debo dejar a discreción del lector. Y sin embargo, sigo abrigando la secreta esperanza de que con el tiempo mi pueblo también pasará por una prueba parecida, no en su globalidad, sino como un conjunto de muchísimas individualidades despiertas y responsables, y que en vez de quejarse y culpar a la mala guerra y los malos enemigos y la mala revolución, millones de corazones se preguntarán: ¿Habré tenido también mi parte de culpa? y ¿cómo recuperar la inocencia? Pues siempre se puede recuperar la inocencia, si se admite el mal y la culpa y se sufren hasta el fin, en vez de intentar descargar la culpabilidad sobre otros.

Cuando la nueva transformación comenzó a manifestarse en mis escritos y en mi vida, muchos de mis amigos volvieron a mover la cabeza. También fueron muchos los que me dejaron. Ello formaba parte del nuevo marco de mi vida, al igual que la pérdida de mi casa, mi familia y otros bienes y comodidades. Fue una época en la que a diario me desprendía de algo y a diario me sorprendía haber podido soportar también eso y seguir viviendo a pesar de todo, y seguir amando a pesar de todo alguna cosa de esa curiosa vida que sólo parecía aportarme dolor, desengaños y pérdidas.

Por otra parte, a modo de compensación, durante los años de guerra también conté con algo así como una buena estrella o un ángel de la guarda. Si bien mis sufrimientos me hacían sentir muy solitario y hasta que se inició la transformación maldije constantemente mi destino —que consideraba nefasto—, mi sufrimiento, el hecho de estar dominado por la desgracia, me sirvió de coraza y protección contra el mundo exterior. En efecto, pasé los años de guerra en un ambiente tan monstruoso de política, mentalidad de espionaje, técnicas de corrupción y artes coyunturales, concentradas de una forma que entonces sólo podía verse en pocos lugares de la tierra; a saber, en Berna, en medio de la diplomacia alemana, neutral y enemiga, en una ciudad que había quedado superpoblada de la noche a la mañana, y ello sólo a base de diplomáticos, agentes políticos, espías, periodistas, acaparadores y arribistas. Vivía entre diplomáticos y militares; además, me relacionaba con hombres de muchas naciones, algunas enemigas, el aire que me rodeaba formaba una compacta red de espionaje y contraespionaje, de denuncias, intrigas, actividades políticas y personales... ¡y durante todos esos años nunca noté nada! Tanto los enemigos como los neutrales, y también mis propios conciudadanos, me consideraban sospechoso a ratos, me vigilaban, me denunciaban y me espiaban, y no advertí nada, sólo más tarde me enteré de tal o cual cosa, sin comprender cómo había podido vivir intacto e incólume en medio de aquel ambiente. Pero había sido posible.

El fin de la guerra coincidió también con la conclusión de mi transformación y la culminación de los sufrimientos que me habían puesto a prueba. Estos sufrimientos ya nada tenían que ver con la guerra y el destino del mundo, y la derrota de Alemania, que en el extranjero anticipábamos con certeza desde hacía dos años, perdió asimismo al instante todo aspecto terrible. Estaba completamente inmerso en mí mismo y mi propio destino, si bien a veces tenía la sensación de que, en suma, se trataba de todo aquello en lo que no intervenían los hombres. Reencontré en mí toda la guerra y toda la sed de sangre del mundo, toda su irreflexión, toda su cruda avidez, toda su corbardía; primero tenía que perder el respeto ante mí mismo, y luego el desprecio de mí mismo, sólo tenía que observar el caos hasta el fin, con la esperanza, a veces viva, a veces tenue de reencontrar al otro lado del caos la naturaleza, la inocencia. Toda persona que ha despertado de su letargo y realmente ha llegado a ser consciente, recorre una o varias veces ese estrecho sendero que atraviesa el desierto; intentar hablar de ello a los otros, sería un esfuerzo vano.

Cuando me abandonaba un amigo, a veces experimentaba una dulce melancolía, pero ninguna desazón, más bien lo consideraba una ratificación de mi camino. Pues esos antiguos amigos tenían toda la razón cuando decían que antes era un hombre y un poeta muy simpático, en tanto que mi presente problemática resultaba simplemente insoportable. Había trascendido hacía tiempo los problemas de gusto o de carácter, mi lenguaje no hubiese resultado comprensible a nadie. Es posible que esos amigos tuvieran razón al reprocharme que mis escritos habían perdido belleza y armonía. Esas palabras sólo me hacían reír. ¿Qué es la belleza o la armonía para el condenado a muerte, para el que intenta salvar su vida corriendo entre muros que se desmoronan? ¿Tal vez, contrariamente a lo que creyera toda la vida, no fuera un poeta y toda la actividad estética hubiera sido sólo un error? ¿Por qué no?, tampoco eso tenía ya importancia. Casi todo lo que había logrado divisar en el viaje al infierno a través de mí mismo había sido una farsa inútil; por tanto, posiblemente también lo fuera la ilusión de mi vocación o talento. Pero, ¡cuán poca importancia tenía todo esto! Y también había desaparecido lo que antaño, lleno de vanidad e infantil entusiasmo, considerara mi misión. Ya hacía mucho tiempo que veía que ni mi misión, ni mucho menos mi vía de salvación, se encontraban en el terreno de la lírica, o de la filosofía, o de cualquier otra historia especializada de ésas, sino que sólo consistía en dejar vivir lo poco verdaderamente vivo y fuerte que había en mí, en confiar necesariamente en lo que aún sentía palpitar en mí. Eso era la vida, eso era Dios. ... Después, una vez pasados esos períodos de alta y mortal tensión, todo resulta curiosamente distinto, puesto que los conceptos de aquel entonces y sus nombres han perdido significado y lo que anteayer fuera sagrado puede sonar hoy casi cómico.

Cuando finalmente la guerra también acabó para mí, en la primavera de 1919, me retiré a un rincón apartado de Suiza y me convertí en un ermitaño. Debido a que durante toda la vida (se trataba de un legado de mis padres y abuelos) me interesé mucho por las sabidurías india y china y a que alguna vez también di expresión a mis nuevas experiencias por medio de símbolos orientales, a menudo me calificaron de «budista», lo que sólo podía causarme risa, puesto que en el fondo sabía que ésa era la fe más ajena a mí. Y sin embargo había en ello algo acertado, una gran verdad que sólo descubrí más tarde. Si fuese de algún modo concebible que una persona escogiese personalmente su religión, tengo la certeza de que en ese caso mi íntimo anhelo me llevaría a adherirme a una religión conservadora: el confucianismo, el brahamanismo o la iglesia romana. Pero lo haría por una atracción hacia el polo opuesto, no por afinidad innata, puesto que no sólo se da el caso de que fui hijo de un piadoso protestante, sino que también soy protestante por afinidad y mentalidad (lo cual no está en contradicción con mi profunda antipatía contra las religiones protestantes existentes en la época). En efecto, el auténtico protestante desconfía de su propia iglesia igual que de cualquier otra, porque su mentalidad responde más al devenir que al ser. Y en este sentido, Buda bien pudo ser protestante.

En resumen, que a partir de la transformación había desarraigado en mí la fe en mi poesía y en el valor de mi obra literaria. Escribir ya no me causaba verdadera satisfacción. Pero el hombre debe encontrar satisfacción en algo y en medio de toda mi miseria yo también reivindicaba esto. Podía prescindir de la justicia, de la razón, de un sentido de la existencia y del universo, había comprobado que el mundo se las arreglaba de maravilla sin todas esas abstracciones... pero no podía prescindir de un poco de alegría y el anhelo de este poquito de alegría era de hecho una de aquellas llamas que ardían en mí, en las que aún creía y a partir de las cuales pensaba recrearme de nuevo el mundo. A menudo buscaba mi satisfacción, mi sueño, mi olvido, en una botella de vino, y con frecuencia ésta me ayudó, bendita sea. Pero no me bastaba. Y he aquí que un día descubrí una alegría absolutamente nueva. De pronto, cuando ya tenía cuarenta años, comencé a pintar. No es que me considerase un pintor o pensara llegar a serlo. Pero pintar es algo maravilloso, ayuda a sentirse más contento y a mostrarse más tolerante. Los dedos no se ponen negros como cuando uno escribe, sino que se tiñen de rojo y azul. Esto de la pintura también molesta a muchos de mis amigos. En este sentido tengo poca suerte: cada vez que comienzo a hacer algo verdaderamente necesario, satisfactorio y agradable, la gente se siente incómoda. Preferirían que uno siguiera siendo lo que solía ser, que nadie cambiase de cara. Pero mi rostro se niega a ello, cambiará mucho, le es necesario.

Incluso yo considero justo otro de los reproches que me hacen. Dicen que carezco de sentido de lo real. Tanto los poemas que compongo, como los cuadritos que pinto, no reflejan la realidad. Cuando escribo, olvido con frecuencia todo aquello que los lectores cultos exigen a un verdadero libro y, sobre todo, de hecho no respeto la realidad. Considero que la realidad es lo que menos debe preocuparnos, puesto que, y esto ya resulta bastante molesto, siempre está presente, en tanto que otras cosas más bellas y necesarias precisan nuestra atención y cuidados. La realidad es aquello con lo que no se puede estar satisfecho bajo ninguna circunstancia, que no se puede alabar y adorar en ningún caso, puesto que es lo casual, lo decadente de la vida. Y no hay forma de transformar esta sórdida, siempre engañosa y aburrida realidad, como no sea negándola, demostrando que somos más fuertes que ella.

En mis poemas se echa de menos con frecuencia el habitual respeto por la realidad, y cuando pinto, los árboles tienen rostro y las casas ríen o bailan, o lloran, pero en general no se puede saber si el árbol es un cerezo o un castaño. Debo aceptar esta crítica. Confieso que con mucha frecuencia mi vida también me parece un cuento, a menudo veo y siento que entre el mundo exterior y mi ser íntimo existe una relación y una consonancia que debo llamar mágica.

Me han seguido ocurriendo algunas tonterías de vez en cuando. Por ejemplo, una vez hice una inocente declaración sobre el conocido poeta Schiller, a consecuencia de lo cual al cabo de poco todos los clubes de bolos del sur de Alemania me tacharon de profanador de los santuarios patrios. Pero ahora ya hace años que he logrado no manifestar nada que suponga una profanación de santuarios y haga enrojecer de ira a la gente. Lo considero un progreso.

Puesto que la llamada realidad no tiene demasiada importancia para mí, puesto que con frecuencia lo pasado me llena como si fuese presente y lo actual me parece infinitamente lejano, por ello tampoco puedo separar el futuro del pasado tan tajantemente como es costumbre. Vivo mucho en el futuro, y en consecuencia no me veo en la necesidad de acabar mi biografía en el momento presente, sino que puedo dejarla continuar con toda tranquilidad.

Contaré brevemente cómo mi vida completa su trayectoria. Durante los años que van hasta 1930 escribí aún algunos libros, para volver luego definitivamente la espalda a este oficio. Dos jóvenes estudiosos abordaron en sendas disertaciones el problema de saber si en realidad debe contárseme entre los poetas o no, pero sin resolverlo. En efecto, el resultado de una esmerada reflexión sobre la literatura más reciente fue que en la última época el fluido que constituye al poeta sólo aparece ya de forma tan extraordinariamente diluida que ha llegado a ser imposible establecer la diferencia entre poeta y literato. Pero ambos doctorandos sacaron conclusiones opuestas de este resultado objetivo. Uno, más simpático, opinaba que una poesía tan ridículamente diluida ya había dejado de serlo y que puesto que la mera literatura no era digna de vivir, más valía dejar que lo que aún se seguía llamando poesía muriese tranquilamente su callada muerte. El otro, en cambio, era un adorador incondicional de la poesía, incluso en su forma más diluida, y en consecuencia opinaba que era preferible dejar subsistir por precaución un centenar de no poetas, que tratar injustamente a un poeta que tal vez aún conservase una gota de auténtica sangre parnasiana.

Me dediqué principalmente a la pintura y la magia china, pero en el curso de los años siguientes también comencé a interesarme cada vez más por la música. Escribir una especie de ópera en la cual la vida humana no recibiese seria consideración, incluso fuese escarnecida, en su supuesta realidad, destacando en cambio su eterna validez como imagen, como fugaz ropaje de lo divino, pasó a ser la ambición de mi vida. Siempre había sentido afinidad por la concepción mágica de la vida, nunca había sido un «hombre moderno» y siempre había considerado más útiles las enseñanzas de *La olla de oro* de Hoffman, e incluso de *Enrique de Ofterdingen*, que todas las historias universales y naturales (más aún, cuando leía estas últimas, también las veía siempre como encantadoras fabulaciones). Se había iniciado, empero, aquel período de la vida en que ya no tiene sentido continuar elaborando y diferenciando una personalidad ya acabada y más que suficientemente diferenciada, y en cambio se plantea la tarea de dejar que el preciado ego naufrague en el mundo y, en vista de la transitoriedad, incorporarse a las disciplinas eternas e intemporales. Sólo me parecía posible expresar estas ideas o normas de vida en un cuento, y consideraba la ópera como la forma superior del cuento, probablemente porque ya no podía creer de verdad en la magia de la palabra en nuestra maltratada y moribunda lengua, en tanto que la música aún me parecía un árbol vivo, en cuyas ramas todavía podían madurar manzanas del paraíso. Quería lograr con mi ópera lo que nunca había llegado a salirme bien en mi poesía: prestar un sentido más elevado y atractivo a la vida humana. Deseaba loar la inocencia y perdurabilidad de la naturaleza y describir su trayectoria hasta el punto en que el infaltable sufrimiento la obliga a volverse hacia el espíritu, el lejano polo opuesto, y la oscilación de la vida entre los dos polos de la naturaleza y el espíritu debe de resultar tan alegre, graciosa y perfecta como la distensión de un arco iris.

Sólo que, por desgracia, nunca llegué a completar esta ópera. Con ella me ocurrió lo mismo que me sucediera con la poesía. Había tenido que abandonar la poesía al descubrir que todo lo que me parecía importante decir ya había sido expresado en *La olla de oro* y *Enrique de Ofterdingen*, con una pureza mil veces superior a la que yo hubiera conseguido. Y otro tanto me estaba pasando ahora con mi ópera. Precisamente cuando había concluido los años de preparación musical y los múltiples proyectos de texto e intentaba plantearme de nuevo con toda la energía posible el verdadero significado y contenido de mi obra, advertí de pronto que mi ópera sólo deseaba lograr lo que *La flauta mágica* ya había conseguido magníficamente hacía tiempo.

A resultas de ello abandoné ese trabajo y comencé a dedicarme plenamente a la magia práctica. Si bien mi sueño de artista había resultado ser una ilusión, si bien no era capaz de lograr una *Olla de oro* ni una *Flauta mágica*, no obstante era hechicero de nacimiento. Hacía tiempo que había progresado lo suficiente por la ruta oriental de Lao Tsé y el I Ching para llegar a conocer perfectamente el carácter casual y mudable de la llamada realidad. Ahora me valía de la magia para forzar esa realidad a mi gusto, y debo decir que ello me proporcionaba gran satisfacción. Sin embargo, también debo reconocer que no siempre permanecí dentro de los límites de ese preciado jardín que se denomina magia blanca, sino que de vez en cuando el pequeño y vivo fulgor que ardía en mí se extendió hasta el aspecto negro de la misma.

A la edad de más de setenta años, precisamente cuando acababa de ser honrado por dos universidades con la concesión de la dignidad de doctor honoris causa tuve que comparecer ante los tribunales acusado de perversión de una jovencita mediante brujería. En la cárcel solicité autorización para pintar. Me fue concedida. Algunos amigos me trajeron pinturas y otros materiales y pinté un pequeño paisaje en el muro de mi celda. Había vuelto, pues, una vez más al arte, y todos los naufragios que ya había experimentado como artista no podían impedirme en absoluto volver a apurar ese querido vaso, construir de nuevo como un niño mi pequeño y querido mundo de fantasía y saciar mi corazón en él, rechazar una vez más toda la sabiduría y la abstracción y paladear el primitivo placer de la evidencia. Así, volví a pintar; mezclaba colores y mojaba pinceles, bebía otra vez con embeleso toda esa infinita magia: el claro tono alegre del bermellón, el tono pleno y puro del amarillo, el profundo y conmovedor del azul, y la música de todas sus mezclas que resonaba hasta en el gris más pálido y lejano. Feliz como un niño, me entregué a mi juego de creación y pinté, así, un paisaje en el muro de mi celda. En ese paisaje aparecía todo lo que me había alegrado en la vida, ríos y montañas, mar y nubes, campesinos en plena cosecha, y muchas otras cosas hermosas que me causaran satisfacción. Por el centro del cuadro pasaba un tren muy pequeño. Avanzaba hacia una montaña y ya tenía la cabeza metida en ella como un gusano en la manzana, la locomotora ya había entrado en el pequeño túnel, de cuya oscura boca brotaba un humo esponjoso.

Nunca me había deleitado tanto mi juego. Este retorno al arte no sólo me hizo olvidar que estaba preso y había sido acusado y tenía pocas probabilidades de acabar mi vida fuera de un correccional: con frecuencia también olvidaba incluso mis prácticas mágicas y me parecía ya suficientemente mágico crear con un fino pincel un árbol diminuto o una clara nubecilla.

Entretanto, la llamada realidad, con la que de hecho había caído en total desgracia, se esforzaba todo lo posible en hacer mofa de mi sueño y en destruirlo. Venían a buscarme casi a diario, me conducían entre guardias a unas dependencias sumamente antipáticas en las que había unas antipáticas personas sentadas en medio de muchos papeles, las cuales me interrogaban, no me querían creer, me regañaban, y lo mismo me trataban como a un niño de tres años, que como a un criminal consumado. No es preciso ser un acusado para conocer este mundo extraordinario y verdaderamente infernal de las oficinas públicas, los papeles y las actas. De todos los infiernos que el hombre ha tenido que crearse en su extravagancia, éste es el que más infernal considero. Basta desear cambiar de domicilio o querer casarse, pretender obtener un pase o un certificado, para encontrarse ya en medio de ese infierno, tener que pasar horas amargas en el ámbito asfixiante de ese mundo de papeles, ser interrogado, regañado por hombres aburridos y sin embargo apresurados, insatisfechos, encontrar sólo escepticismo ante las declaraciones más sencillas y veraces, ser tratado a ratos como un colegial, a ratos como un delincuente. Pero todo el mundo sabe estas cosas. Hace tiempo que me habría ahogado y podrido en el infierno del papeleo si mis colores no me hubiesen consolado y divertido siempre, si mi cuadro, mi hermoso paisaje, no me hubiesen vuelto a insuflar aire y vida.

Un día estaba en mi prisión contemplando ese cuadro, cuando acudieron nuevamente los guardianes con sus aburridas citaciones y quisieron arrancarme de mi venturoso trabajo. Entonces me sobrecogió un cansancio y algo así como una náusea contra todo ese tráfago y toda esa brutal y desalmada realidad. Me pareció llegado el momento de poner fin al martirio. Si no me permitían continuar mis inocentes juegos artísticos sin ser molestado, me vería obligado a recurrir a esas artes más serias, a las que había dedicado tantos años de mi vida. Sin magia, este mundo resultaba insoportable.

Recordé la fórmula china, retuve la respiración durante un minuto y me liberé de la ilusión de la realidad. Con amabilidad rogué a los guardianes que tuviesen un minuto más de paciencia, pues debía subir al tren de mi cuadro y comprobar una cosa. Se rieron, como de costumbre, pues me consideraban mentalmente perturbado.

Entonces me hice pequeño y entré en mi cuadro, subí al pequeño tren y en el pequeño tren entré en el pequeño túnel negro. Todavía se siguió viendo un rato el humo esponjoso que salía de la redonda abertura, después el humo se disipó y se volatilizó, y con él desapareció todo el cuadro, y yo con éste.

Los guardianes se quedaron atrás, sumamente perplejos.

La ciudad

(1910)

—¡AVANZA! —gritó el ingeniero, cuando por el tramo de vía recién colocado la víspera llegó el tren, el segundo ya, cargado de gente, carbón y alimentos. La pradera relucía silenciosa bajo la amarilla luz del sol, en el horizonte se alzaba en una bruma azul la alta sierra boscosa. Perros salvajes y sorprendidos búfalos contemplaron el inicio del trabajo y el tumulto en medio del descampado, la aparición de manchas de carbón y de cenizas y de papel y de hojalata sobre los prados verdes. Sobre la tierra asustada chirrió el primer cepillo de carpintero, tronó el primer disparo de escopeta cuyo eco se perdió en la sierra, retiñó sonoro el primer yunque bajo los raudos martillazos. Apareció una casa de hojalata, y al día siguiente otra de madera, y otras más, cada día aparecían nuevas casas, y pronto fueron también de piedra. Los perros salvajes y los búfalos se mantuvieron apartados, el lugar se fue domesticando y comenzó a dar frutos; y en la primera primavera ondeaban los campos llenos de verdes cultivos, y entre ellos se alzaron patios y establos y cobertizos. El desierto quedó cortado por caminos.

La estación quedó terminada y fue inaugurada, y luego el palacio de gobierno, y el banco; en pocos meses surgieron en las cercanías varias ciudades hermanas más pequeñas. Acudieron trabajadores de todo el mundo, campesinos y habitantes de las ciudades, acudieron comerciantes y abogados, predicadores y maestros, se fundó una escuela, tres comunidades religiosas, dos periódicos. Se descubrieron pozos de petróleo en el Oeste, una gran bonanza cayó sobre la ciudad. Transcurrido otro año, ya había rateros, chulos, atracadores, un bazar, una liga antialcohólica, un modista parisiense, una cervecería bávara. La competencia de las ciudades vecinas aceleraba el ritmo. Ya no faltaba nada; de los discursos electorales a la huelga, de la sala de cine al círculo de espiritistas. En la ciudad podía obtenerse vino francés, arenques noruegos, salchichón italiano, tejidos ingleses, caviar ruso. Cantantes, bailarines y músicos de segundo orden comenzaban a incluir ya el lugar en sus giras.

Y, lentamente, también fue llegando la cultura. La ciudad, que al principio no era más que una colonia, comenzó a convertirse en patria. Existía allí una manera de saludarse, una manera de inclinar la cabeza al encontrarse, ligera y sutilmente distinta de la manera de otras ciudades. Los hombres que habían participado en la fundación de la ciudad eran tratados con respeto y cariño, irradiaban una pequeña nobleza. Creció una nueva generación, la ciudad les parecía ya una antigua patria, de origen casi eterno. La época en que allí resonó el primer martillazo, en que se produjo el primer asesinato, en que se celebró el primer oficio divino, en que se imprimió el primer periódico, quedaba perdida en el pasado, era ya historia.

La ciudad había llegado a dominar las ciudades vecinas y había pasado a ser capital de un gran territorio. En las anchas calles despejadas, donde antaño se habían alzado las primeras chozas de madera y hojalata, junto a montones de cenizas y charcas de agua, se levantaban ahora serios y respetables edificios administrativos, y bancos, teatros e iglesias, los estudiantes se dirigían rutinariamente a la universidad y la biblioteca, las ambulancias avanzaban silenciosas hacia las clínicas, la gente reconocía y saludaba el automóvil de un diputado, en veinte impresionantes escuelas de piedra y acero se celebraba cada año con cantos y conferencias el Día de la fundación de la gloriosa ciudad. La antigua pradera estaba cubierta de campos de cultivo, fábricas, pueblos, y la cruzaban veinte líneas de ferrocarril, la sierra se había hecho más próxima y un ferrocarril de montaña había permitido explotar el corazón mismo de los desfiladeros. Allí —o lejos, junto al mar— tenían los ricos sus casas de veraneo.

Cien años después de su fundación, un terremoto destruyó la ciudad en pequeños fragmentos. Ésta se alzó de nuevo; a partir de entonces todo lo de madera fue de piedra, todo lo pequeño grande, todo lo estrecho ancho. La estación fue la más grande del país, la bolsa la más importante de todo el continente, arquitectos y artistas decoraron la ciudad, rejuvenecida con edificios y jardines públicos, fuentes, monumentos. En el curso de ese nuevo siglo, la ciudad adquirió fama de ser la más hermosa y rica del país y algo digno de verse. Políticos y arquitectos, técnicos y alcaldes de ciudades extranjeras hacían viajes para estudiar las construcciones, las conducciones de agua, la administración y otros dispositivos de la famosa ciudad. Por aquel entonces se inició la construcción de un nuevo parlamento, uno de los edificios más grandes y maravillosos del mundo, y puesto que afortunadamente esa época de naciente riqueza y orgullo ciudadano coincidió con un auge del buen gusto en general, sobre todo de la arquitectura y la escultura, la ciudad, que se iba desarrollando con rapidez, llegó a convertirse en un desenfadado y agraciado portento. La zona interior, cuyos edificios eran sin excepción de una noble piedra gris claro, estaba rodeada de un amplio y verde cinturón de encantadores parques públicos y, a ambos lados de ese anillo, las calles y las casas se perdían lentamente en el campo y la naturaleza, cubriendo una amplia extensión. Muy visitado y admirado era un gigantesco museo, en cuyos cientos de salas, patios y salones estaba expuesta toda la historia de la ciudad, desde sus orígenes hasta su más reciente desarrollo. El primer antepatio, enorme, de esta instalación representaba la antigua pradera, con bien cuidadas plantas y animales, y reproducciones exactas de las más primitivas y miserables viviendas, calles y servicios. Por allí paseaba satisfecha la juventud de la ciudad, contemplando el panorama de su historia, desde las tiendas de lona y cobertizos de madera, desde la primera accidentada vía férrea, hasta el resplandor de las calles de gran ciudad. Y así, guiados y aleccionados por sus maestros, aprendían a comprender las magníficas leyes del desarrollo y el progreso, cómo de la materia bruta surgía lo refinado, de la fiera el hombre, del desierto los edificios, de la necesidad la abundancia, y de la naturaleza la cultura.

En el curso del siguiente siglo, la ciudad alcanzó el punto culminante de su esplendor, el cual se desplegó en rica opulencia y fue aumentando rápidamente, hasta que le puso fin una sangrienta revolución de las capas más bajas. El populacho comenzó a prender fuego a muchas de las grandes refinerías, situadas a algunas millas de la ciudad, con lo cual gran parte del país, con sus fábricas, granjas y pueblos, quedó quemado o despoblado. La ciudad misma experimentó matanzas y atrocidades de todo tipo, pero se mantuvo en pie, y al cabo de unas décadas de austeridad volvió a recuperarse lentamente, pero sin poder permitirse ya nunca la buena vida y las edificaciones de antaño. Durante sus malos tiempos, allende los mares había florecido inesperadamente un país remoto, que suministraba cereales y hierro, plata y otros tesoros con la abundancia propia de un suelo no cansado, que aún cede gustoso sus riquezas. El nuevo país ejerció una poderosa atracción sobre las fuerzas aletargadas, las aspiraciones y deseos del viejo mundo; de la noche a la mañana brotaron las ciudades sobre la tierra, desaparecieron los bosques, fueron sometidas las cascadas.

Lentamente, la hermosa ciudad comenzó a empobrecer. Ya no era el corazón y el cerebro de un mundo, ya no era el mercado y la bolsa de muchos países. Debía contentarse con conservar la vida y no quedar completamente desplazada en medio del barullo de los nuevos tiempos. Nada quedaba por construir ni por conquistar —ni mucho menos por comerciar y cobrar— a las fuerzas desocupadas que no habían desaparecido en el apartado nuevo mundo. No obstante, en el terreno cultural, ahora ya antiguo, germinó en cambio una vida intelectual, de la ciudad enmudecida salieron sabios y artistas, pintores y poetas. Los descendientes de aquellos que antaño habían construido las primeras casas sobre la tierra nueva, pasaban sonrientes sus días, dedicados a silenciosos goces y empresas intelectuales de florecimiento tardío; pintaban el melancólico fausto de los viejos jardines cubiertos de musgo, con estatuas en ruinas y aguas verdosas, y cantaban en tiernos versos el lejano barullo de los viejos tiempos heroicos, o los sueños callados de hombres cansados en viejos palacios.

Ello hizo resonar nuevamente en el mundo entero el nombre y la fama de aquella ciudad. Aunque en el exterior los pueblos sufrieran la conmoción de la guerra y estuviesen ocupados en grandes labores, allí sabían conservar la paz en callado retiro y preservar en silencio el tenue resplandor de épocas perdidas: calles silenciosas, con colgaduras de ramas en flor, imponentes edificios con fachadas corroídas por el tiempo, soñando sobre plazas solitarias, fuentes cubiertas de musgo, llenas de la queda música de aguas cantarinas.

La antigua ciudad soñadora fue durante muchos siglos un lugar respetado y querido en el mundo más joven, cantado por poetas y visitado por admiradores. Pero la vida humana se desplazaba cada vez con mayor fuerza hacia otros continentes. Y en la propia ciudad comenzaron a morir, o a marcharse, los descendientes de las viejas familias autóctonas. Hacía tiempo que también había tocado a su fin el último florecimiento cultural y sólo quedaba una estructura en vías de descomposición. Muchos años atrás ya habían desaparecido por completo las ciudades vecinas, más pequeñas, convertidas en calladas pilas de ruinas, visitadas de vez en cuando por pintores y turistas extranjeros, ocupadas a veces por gitanos y fugitivos de la ley.

A consecuencia de un terremoto, que sin embargo respetó la ciudad en sí, se había desviado el curso del río y una parte de la tierra despoblada había quedado convertida en marismas, la otra en eriales. Y desde las montañas, donde se iban desmoronando los restos de antiguos puentes de piedra y casas de campo, iba avanzando lentamente el bosque, la antigua selva. Al ver la vasta extensión despoblada, éste fue absorbiendo poco a poco una porción tras otra en su círculo verde, allí recubrió un pantano de verdor susurrante, allá revistió la rocalla con jóvenes pinos tiernos.

En la ciudad acabó por no vivir ya ningún burgués, sólo chusma, canalla malévola y salvaje, la cual buscó refugio en los achacosos palacios de tiempos pretéritos en ruinas y hacía pastar sus flacas cabras en lo que antaño fueran calles y jardines. Estos últimos habitantes también fueron extinguiéndose gradualmente, debido a las enfermedades y a la degeneración; a partir de la inundación todo el lugar sufría epidemias de fiebre y había caído en el olvido.

Los restos del antiguo ayuntamiento, que un día fuera el orgullo de su época, aún se alzaban muy grandes e imponentes, eran loados en cantos escritos en todas las lenguas y dieron lugar a innumerables leyendas entre los pueblos vecinos, cuyas ciudades también habían quedado abandonadas hacía tiempo y cuya cultura iba degenerando. Los nombres de la ciudad y del esplendor pasado aún figuraban, fantasmales, desfigurados y demudados, en los cuentos de duendes y en melancólicos cantos pastoriles, y sabios de naciones lejanas, que entonces vivían su época de esplendor, organizaban de vez en cuando peligrosas expediciones científicas a la ciudad en ruinas, cuyos misterios comentaban con entusiasmo los colegiales de apartados países. Allí debía de haber portales de oro macizo y lápidas cubiertas de diamantes, y las salvajes tribus nómadas de los alrededores conservaban, desde fabulosos tiempos remotos, restos desaparecidos de una mágica cultura milenaria.

Pero el bosque siguió avanzando desde las montañas hacia el llano, surgieron y desaparecieron lagos y ríos, y la selva fue avanzando y ocupando y cubriendo poco a poco todo el país: los restos de las antiguas murallas, los palacios, los templos, los museos; y zorros y martas, lobos y osos poblaron el lugar desierto.

Sobre uno de los palacios desmoronados, del que ya no quedaba en pie ni una piedra, se alzaba un joven pino, el cual un año atrás aún era el heraldo más avanzado de la selva que se aproximaba. Pero ahora estaba rodeado a su vez de una vasta joven vegetación.

—¡Avanza! —gritó un pájaro carpintero que picoteaba el tronco, y contempló complacido el progreso del bosque y el maravilloso avance verdeante sobre la tierra.

El cuento del sillón de mimbre

(1918)

Un joven estaba sentado en su solitaria buhardilla. Le hubiese gustado llegar a ser pintor; pero para ello debía superar algunas cosas bastante difíciles, y para empezar vivía tranquilamente en su buhardilla, se iba haciendo algo mayor y había adquirido la costumbre de pasarse horas ante un pequeño espejo y dibujar bocetos de autorretratos. Estos dibujos llenaban ya todo un cuaderno, y algunos le habían complacido mucho.

—Considerando que aún no poseo ninguna preparación en absoluto —decía para sus adentros—, esta hoja me ha salido francamente bien. Y qué arruga más interesante allí, junto a la nariz. Se nota que tengo algo de pensador o cosa por el estilo. Únicamente me falta bajar un poquito más las comisuras de la boca, eso crea una impresión singular, claramente melancólica.

Sólo que al volver a contemplar los dibujos al cabo de cierto tiempo, en general ya no le gustaban nada. Eso le incomodaba, pero dedujo que se debía a que estaba progresando y cada vez se exigía más.

La relación del joven con su buhardilla y con las cosas que allí tenía no era de las más deseables e íntimas, pero no obstante tampoco era mala. No les hacía más ni menos injusticia de lo habitual entre la mayoría de la gente, a duras penas las veía y las conocía poco.

En ocasiones, cuando no acababa, una vez más, de lograr un autorretrato, leía libros en los que trababa conocimiento con las experiencias de otros hombres que, al igual que él, habían comenzado siendo jóvenes modestos y totalmente desconocidos, y después habían llegado a ser muy famosos. Le gustaba leer esos libros, y en ellos leía su futuro.

Un día estaba sentado en casa, malhumorado otra vez y deprimido, leyendo el relato de la vida de un pintor holandés muy famoso. Leyó que ese pintor sufría una verdadera pasión, incluso un delirio, que estaba absolutamente dominado por una urgencia de llegar a ser un buen pintor. El joven pensó que ese pintor holandés se le parecía bastante. Al proseguir la lectura fue descubriendo muchos detalles que muy poco tenían en común con su propia experiencia. Entre otras cosas leyó que cuando hacía mal tiempo y no era posible pintar al aire libre, ese holandés pintaba, con tenacidad y lleno de pasión, todos los objetos sobre los que se posaba su mirada, incluso los más insignificantes. Así, una vez había pintado un viejo par de zuecos, y en otra ocasión un viejo taburete desvencijado, un basto, burdo taburete de cocina campesina hecho de madera ordinaria, con un asiento de paja trenzada bastante gastado. Con tanto amor y tanta fe, con tanta pasión y tanta entrega había pintado el artista ese taburete, el cual con toda certeza nunca hubiese merecido la atención de nadie de no mediar esa circunstancia, que había llegado a constituir uno de sus cuadros más bellos. El escritor empleaba muchas palabras hermosas, incluso conmovedoras, para describir ese taburete pintado.

Llegado a este punto, el lector se detuvo y reflexionó. Había descubierto algo nuevo y debía intentarlo. Inmediatamente —pues era un joven de determinaciones extraordinariamente rápidas— decidió imitar el ejemplo de ese gran maestro y probar también ese camino hacia la fama.

Echó un vistazo a su buhardilla y advirtió que, de hecho, hasta entonces se había fijado realmente muy poco en las cosas entre las cuales vivía. No logró encontrar ningún taburete desvencijado con un asiento de paja trenzada, tampoco había ningún par de zuecos; ello le afligió y le desanimó un instante y estuvo a punto de sucederle lo de tantas otras veces, cuando la lectura del relato de la vida de los grandes hombres le había hecho desfallecer: entonces comprendió que le faltaban y buscaba en vano precisamente todas esas menudencias e inspiraciones y maravillosas providencias que de modo tan agradable intervenían en la vida de aquellos otros. Pero pronto se recompuso y se hizo cargo de que en ese momento era totalmente cosa suya emprender con tesón el duro camino hacia la fama. Examinó todos los objetos de su cuartito y descubrió un sillón de mimbre, que muy bien podría servirle de modelo.

Acercó un poco el sillón con el pie, afiló su lápiz de dibujante, apoyó el cuaderno de bocetos sobre la rodilla y comenzó a dibujar. Consideró que la forma ya quedaba bastante bien indicada con un par de ligeros trazos iniciales y, con rapidez y energía, pasó a delinear el contorno con un par de trazos gruesos. Le cautivó una profunda sombra triangular en un rincón, vigorosamente la reprodujo, y así fue tirando adelante hasta que algo comenzó a estorbarle.

Continuó aún un rato más, luego levantó el cuaderno a cierta distancia y contempló su dibujo con ojo crítico. Entonces advirtió que el sillón de mimbre quedaba muy desfigurado.

Encolerizado, añadió una línea, y después fijó una mirada furibunda sobre el sillón. Algo fallaba. Eso le enfadó.

—¡Maldito sillón de mimbre! —gritó con vehemencia—, ¡en mi vida había visto un bicho tan caprichoso!

El sillón crujió un poco y replicó serenamente:

—¡Vamos, mírame! Soy como soy y ya no cambiaré.

El pintor le dio un puntapié. Entonces el sillón retrocedió y volvió a adquirir un aspecto totalmente distinto.

—¡Estúpido sillón —gritó el jovenzuelo—, todo lo tienes torcido e inclinado!

El sillón sonrió un poco y dijo con dulzura:

—Eso es la perspectiva, jovencito.

Al oírlo, el joven saltó:

—¡Perspectiva! —gritó airado—. ¡Ahora este zafio sillón quiere dárselas de maestro! ¡La perspectiva es asunto mío, no tuyo, no lo olvides!

Con eso, el sillón no volvió a hablar. El pintor se puso a recorrer enérgicamente el cuarto, hasta que abajo alguien golpeó enfurecido el techo con un palo. Ahí abajo vivía un anciano, un estudioso, que no soportaba ningún ruido.

El joven se sentó y volvió a ocuparse de su último autorretrato. Pero no le gustó. Pensó que en realidad su aspecto era más atractivo e interesante, y era cierto.

Entonces quiso proseguir la lectura de su libro. Pero seguía hablando de ese taburete de paja holandés y eso le molestó. Le parecía que verdaderamente armaban demasiado alboroto por ese taburete y que en realidad...

El joven sacó su sombrero de artista y decidió ir a dar una vuelta. Recordó que en otra ocasión, mucho tiempo atrás, ya le había llamado la atención cuán insatisfactoria resultaba la pintura. Sólo deparaba molestias y desengaños y, por último, incluso el mejor pintor del mundo sólo podía representar la simple superficie de las cosas. A fin de cuentas ésa no era profesión adecuada para una persona amante de lo profundo. Y, de nuevo, como ya tantas otras veces, consideró seriamente la idea de seguir una vocación aún más temprana: mejor ser escritor. El sillón de mimbre quedó olvidado en la buhardilla. Le dolió que su joven amo se hubiese marchado ya. Había abrigado la esperanza de que por fin llegaría a entablarse entre ellos la debida relación. Le hubiese gustado muchísimo decir una palabra de vez en cuando, y sabía que podía enseñar bastantes cosas útiles a un joven. Pero, desgraciadamente, todo se malogró.

El europeo

Una fábula

(1917)

Finalmente, Dios Nuestro Señor tuvo compasión y se encargó personalmente de poner fin al día terrenal, que había acabado en la sangrienta guerra mundial, enviando el gran diluvio. Los torrentes de agua arrastraron compasivos todo lo que infamaba a las estrellas ya ancianas, los ensangrentados campos nevados y las montañas erizadas de fortificaciones, los cadáveres putrefactos y a los que en torno a ellos lloraban, a los sediciosos y a los sedientos de sangre y a los miserables, a los hambrientos y a los que habían perdido el juicio.

El firmamento azul contemplaba con cariño la esfera desnuda.

Por otra parte, la técnica europea se mantuvo brillantemente hasta el último momento. Europa, prudente y tenaz, resistió semanas enteras la lenta crecida de las aguas. Gracias a formidables diques en los que trabajaban día y noche millones de prisioneros de guerra, primero; luego, a base de plataformas artificiales que se levantaban con una rapidez fabulosa y que al principio tenían el aspecto de gigantescas terrazas, pero luego fueron creciendo cada vez más en forma de torres. En estas torres se conservó hasta el último día, con fidelidad conmovedora, el espíritu heroico del hombre. Cuando Europa y el mundo entero se habían hundido y ahogado, desde las últimas torres de hierro que aún sobresalían, los proyectores seguían lanzando sus rayos deslumbradores y precisos sobre la húmeda oscuridad de la tierra que se hundía, y de los cañones salían disparadas en todas direcciones zumbantes granadas en elegantes trayectorias. Dos días antes del final, los gobernantes de las potencias neutrales decidieron comunicar por medio de señales luminosas una propuesta de paz a los litigantes. Pero éstos exigieron el inmediato desmantelamiento de las torres fortificadas aún en pie, y ni los más decididos amantes de la paz podían mostrarse dispuestos a acceder a ello. Conque se disparó heroicamente hasta la última hora.

Por fin toda la tierra quedó inundada. El único europeo superviviente flotaba en la corriente sostenido por un cinturón salvavidas y dedicaba sus últimas fuerzas a poner por escrito los sucesos de los últimos días, de forma que una humanidad posterior supiera que su patria había resistido varias horas después del hundimiento de los últimos enemigos, ganándose así la palma de la victoria.

En esto apareció en el horizonte gris una pesada embarcación, negra y gigantesca, que se fue aproximando lentamente al hombre ya exhausto. Con regocijo, éste identificó una enorme arca y, antes de hundirse desfallecido, pudo ver al viejo patriarca majestuoso, de pie al borde de la casa flotante, con su barba plateada al viento. Un negro sacó del agua el cuerpo a la deriva: vivía y pronto volvió en sí. El patriarca sonrió complacido. Había triunfado en su empresa, se había salvado un ejemplar de cada una de las parejas de seres vivos de la Tierra.

Mientras el arca se deslizaba apaciblemente con el viento y esperaba que bajasen las turbias aguas, a bordo iba desarrollándose una animada existencia. Grandes peces seguían al arca en densos cardúmenes, las aves y los insectos revoloteaban sobre el techo abierto en multicolores bandadas de ensueño, cada animal y cada persona rebosaba de íntima satisfacción por haberse salvado y tener reservada una nueva vida. Nítido y penetrante, saludaba el amanecer sobre las aguas el chillido del pavo real; sonriente, levantaba la trompa el elefante para ducharse con su compañera; tornasolado, lucía el lagarto sobre las vigas soleadas; el indio ensaetaba peces en las aguas infinitas con rápidas lanzadas; el negro encendía el fuego en el hogar a base de frotar maderas secas y, bromeando, palmeaba a su gorda mujer batiendo el ritmo sobre el muslo; el hindú, enjuto y tieso, permanecía con los brazos cruzados y musitaba antiquísimos versos pertenecientes a los cánticos de la creación del mundo. El esquimal yacía humeante al sol y sudaba agua y grasa, sonriendo con sus pequeños ojitos, mientras le husmeaba un manso tapir, y el pequeño chino se había tallado un fino palillo, que balanceaba cuidadosamente ora sobre la nariz, ora sobre la barbilla. El europeo echó mano de sus útiles de escribir para establecer un inventario de los seres vivos existentes.

Se fueron creando grupos y amistades, y cuando parecía que iba a estallar una pelea, el patriarca la aquietaba con sólo lanzar una mirada. Todos se mostraban afables y alegres; sólo el europeo permanecía solitario, entregado a su escritura.

Entonces, entre todos los hombres y animales de tantos colores crearon un nuevo juego, en el cual cada uno debía exhibir sus capacidades y habilidades en una competición.

Todos querían ser los primeros, y el patriarca tuvo que intervenir para poner orden. Separó a los animales grandes de los pequeños, y también a los hombres, y cada uno debía presentarse y ejecutar la proeza por la que creía destacar, y a todos les fue tocando su vez.

Este famoso juego duró muchos días, ya que frecuentemente había algún grupo que se disgregaba e interrumpía su juego para ir a contemplar los de los demás. Y cada hermosa proeza era acogida con sonoro clamor. ¡Cuántas maravillas pudieron verse! ¡Qué dones escondidos revelaba cada criatura de Dios! ¡Cómo se desplegó la riqueza de la vida! ¡Cómo reían, cómo gritaban, cantaban, palmeaban, piafaban, relinchaban, en señal de aplauso!

De maravilla corría la comadreja, y encantador era el canto de la alondra, majestuoso el andar del pavo, todo hinchado, e increíblemente rápida trepaba la ardilla. El mandril imitaba a los malayos, ¡y el babuino al mandril! Corredores y trepadores, nadadores y voladores se afanaban infatigables en la competición, y cada uno resultó insuperable y se hizo valer a su manera. Había animales que tenían poderes mágicos, y animales que podían hacerse invisibles. Muchos destacaron por la fuerza, no pocos por la maña, algunos en el ataque, otros en la defensa. Los insectos podían protegerse adoptando el aspecto de hierba, de madera, de musgo, de piedras, y otros de los débiles recibieron aplausos e hicieron salir corriendo a los sonrientes espectadores cuando demostraron cómo se protegían de los ataques mediante olores nauseabundos. Ninguno quedó desfavorecido, ninguno carecía de dotes. Los pájaros trenzaron, pegaron, tejieron, amurallaron sus nidos. Las aves de presa podían identificar objetos sumamente diminutos desde una altura vertiginosa.

También los hombres exhibieron sus artes con esmero. Valía la pena presenciar la ligereza y agilidad con que el negro podía encaramarse hasta lo alto de las vigas; cómo el malayo hacía un remo dando tres toques a una hoja de palma y sabía navegar y virar sobre un diminuto madero. El indio acertó hasta el más reducido blanco con una flecha ligera, y su mujer tejió, con dos clases de fibra, una estera que despertó suma admiración. Todos enmudecieron largo rato y miraron asombrados cuando el hindú se adelantó e hizo algunas demostraciones de magia. Por su parte, el chino explicó la forma de triplicar la cosecha de grano, aplicándose con paciencia a arrancar las plantas muy tiernas y a trasplantarlas, dejando un espacio regular entre mata y mata.

El europeo, que gozaba de extraordinariamente poco aprecio, había despertado varias veces la indignación de sus primos humanos, ya que rebajaba las gestas de los demás con juicios duros y despectivos. Cuando el indio hizo caer su pájaro desde lo alto del azul del cielo, el blanco se encogió de hombros declarando que ¡con veinte gramos de dinamita podía dispararse a una altura tres veces superior! Y cuando le invitaron a que hiciese una demostración, le fue imposible, y explicó en cambio que si tuviera esto y aquello y lo de más allá, y aún diez cosas más, podría hacerlo perfectamente. También del chino hizo mofa, diciendo que no cabía duda de que trasplantar las tiernas plantas de trigo exigía infinita paciencia, pero que ciertamente un trabajo tan esclavo no podía hacer feliz a un pueblo. El chino le replicó que feliz era el pueblo que podía comer y que respetaba a los dioses; pero el europeo también rió mucho al oír esto.

Siguió la alegre competición, y al finalizar, todos, animales y hombres, habían demostrado sus talentos y sus artes. La impresión causada fue intensa y gozosa, el patriarca también sonreía bajo su barba blanca y dijo, a modo de encomio, que las aguas ya podían ir bajando para que comenzase una nueva vida sobre esta tierra; en efecto, aún se conservaban cada uno de los hilos multicolores de la túnica del Señor, y nada faltaba para establecer una infinita felicidad sobre la Tierra.

El único que todavía no había exhibido ninguna habilidad era el europeo, y todos los demás exigieron tumultuosamente que saliese a hacer su demostración a fin de poder comprobar si también él tenía derecho a respirar el buen aire de Dios y a viajar en la casa flotante del patriarca.

El hombre se resistió largo rato e intentó encontrar excusas. Pero, finalmente, el mismo Noé le señaló con el dedo y le exhortó a salir.

—También yo —así comenzó entonces el hombre blanco— ...también yo he adquirido gran habilidad en un arte y lo he desarrollado. No tengo mejor vista que otros seres, ni tampoco mejor oído, ni olfato, ni mayor destreza manual, ni nada por el estilo. Mis dotes son de un carácter superior. Lo que me distingue es el intelecto.

—¡Que haga una demostración! —gritó el negro, y todos se apretaron más a su alrededor.

—No hay nada que exhibir —dijo pacientemente el blanco—. Seguramente no me habéis comprendido. Me distingo por la inteligencia.

El negro se echó a reír de todo corazón, mostrando unos dientes blancos como la nieve, el hindú frunció burlón los finos labios, el chino esbozó una sonrisa astuta y bondadosa.

—¿La inteligencia? —dijo despacio—. Vamos, muéstranos por favor tu inteligencia. Hasta ahora nada hemos podido ver de ella.

—No hay nada que ver —se defendió gruñiendo el europeo—. Mi don y mi peculiaridad consisten en lo siguiente: acumulo las imágenes del mundo exterior en mi cabeza y a partir de estas imágenes puedo crearme nuevas imágenes y nuevos órdenes. Puedo concebir el mundo entero en mi cerebro y, por tanto, recrearlo.

Noé se frotó los ojos con la mano.

—Perdona —dijo lentamente—, ¿para qué sirve todo esto? ¿De qué puede servir volver a crear el mundo, el cual Dios ya ha creado, y además sólo para ti mismo, dentro de tu cabecita?

Todos gritaron su conformidad y soltaron un torrente de preguntas.

—¡Un momento! —gritó el europeo—. No me habéis comprendido bien. No resulta tan fácil exponer la labor de la inteligencia como si se tratase de cualquier habilidad manual.

El hindú sonrió.

—Es perfectamente posible, primo blanco, ya lo creo. Realiza para nosotros un ejercicio de inteligencia, el cálculo, por ejemplo. ¡Hagamos una competencia de cálculo! Veamos: una pareja tiene tres hijos, cada uno de los cuales crea a su vez una familia. Cada una de las jóvenes parejas tiene un hijo cada año. ¿Cuántos años deben transcurrir para que se alcance la cifra de 100?

Todos escuchaban con curiosidad y comenzaron a contar con los dedos y a parpadear pasmados. Pero al cabo de poco ya se había adelantado el chino con la solución.

—Muy bien —replicó el blanco—, pero esto no es más que una técnica. Mi inteligencia no es para realizar estas pruebas de destreza, sino para resolver grandes problemas, problemas de los que depende la dicha de la humanidad.

—Oh, esto me gusta —se interesó Noé—. Encontrar la dicha supera ciertamente otras habilidades. En eso tienes razón. Dinos sin demora qué puedes enseñarnos sobre la dicha de la humanidad; todos te lo agradeceremos.

Expectantes y reteniendo el aliento, todos tenían la atención pendiente de los labios del hombre blanco. Por fin lo sabrían. ¡Gloria a él, que nos dirá de qué depende la dicha de la humanidad! ¡Toda mala palabra le sea conjurada, a él, el mago! ¡Para qué necesitaba la capacidad y la destreza de la vista, el oído y la mano, para qué la paciencia y la aritmética, si sabía tales cosas!

El europeo, que hasta entonces había adoptado una expresión altanera, gradualmente comenzó a sentirse perplejo ante esa impresionante curiosidad.

—¡No es culpa mía! —dijo enfurecido—, ¡pero todavía no me habéis comprendido! No he dicho que conociera el secreto de la felicidad. Sólo he dicho que mi inteligencia se dedica a problemas cuya solución fomentará la dicha de la humanidad. El camino es largo, y ni yo ni vosotros presenciaremos su conclusión. ¡Muchas generaciones se romperán aún la cabeza con estas cuestiones!

Las gentes le miraron indecisas y desconfiadas. ¿Qué decía ese hombre? Noé también desvió la mirada y arrugó la frente.

El hindú le hizo un guiño al chino y —mientras todos permanecían perplejos en silencio— éste dijo con dulzura:

—Queridos hermanos, este primo blanco es un bromista. Quiere hacernos creer que en su cabeza se realiza una labor cuyos resultados tal vez puedan presenciar algún día los tataranietos de nuestros tataranietos, o a lo mejor ni siquiera ellos. Propongo que le concedamos el premio al mejor bromista. Nos dice cosas que no llegamos a comprender muy bien; pero todos intuimos que todas estas cosas, de entenderlas realmente, nos provocarían un sinfín de carcajadas. ¿No os ocurre otro tanto?... De acuerdo, entonces, ¡un hurra para nuestro bromista!

La mayoría se mostraron conformes y estuvieron contentos de poder ver concluido ese escabroso asunto. Pero algunos estaban indignados y malhumorados, y el europeo se quedó solo y sin audiencia.

Sin embargo, hacia el atardecer, el negro, acompañado del esquimal, el indio y el malayo, fue a ver al patriarca y dijo así:

—Reverendo padre, quisiéramos haceros una pregunta. No nos gusta ese tipo blanco que hoy se ha burlado de nosotros. Os rogamos que consideréis lo siguiente: todos los hombres y los animales, cualquier oso y cualquier pulga, cualquier faisán y cualquier escarabajo, y también nosotros, los hombres, todos podíamos enseñar algo con lo que honrábamos al Señor y protegíamos, sublimábamos o embellecíamos nuestra vida. Hemos presenciado dotes admirables, y algunas hacían reír; pero hasta el más pequeño animal aportaba algo grato y placentero: sólo y únicamente este hombre pálido, el último seleccionado, no puede contribuir más que con extrañas y altaneras palabras, indirectas y burlas, que nadie comprende y que a ninguno complacen... Por ello os preguntamos, querido padre, si es realmente justo que un ser de esta clase contribuya a establecer una nueva vida sobre esta amada tierra. ¿No podría traernos desgracias? ¡Miráoslo! Tiene la mirada turbia, la frente llena de arrugas, las manos pálidas y débiles, el rostro malévolo y triste, ¡no desprende ni una vibración pura! Tengo la certeza de que en él hay algo que falla... ¡Sabe Dios quién ha mandado ese tipo a nuestra arca!

El anciano patriarca alzó dulcemente su clara mirada hacia los que así le interrogaban.

—Hijos —dijo despacio y lleno de bondad, de tal manera que inmediatamente se les despejó el semblante—, ¡queridos míos! ¡Tenéis razón, y también erráis, en lo que habéis dicho! Pero Dios ya ha dado respuesta a ello, aun antes de que preguntarais. Debo convenir con vosotros en que el hombre de las tierras belicosas no es un huésped muy simpático, y no se comprende demasiado bien para qué tenemos que tener aquí un tipo tan raro. Pero no cabe duda de que Dios, que un día creó esta especie, sabe perfectamente por qué lo hizo. Todos tenéis muchas cosas que perdonar a estos hombres blancos, ellos son los que han vuelto a pudrir nuestra pobre tierra hasta condenarnos. Mas tened en cuenta que Dios ha dado un indicio de lo que tiene previsto para el hombre blanco. Todos vosotros, tú, negro, y tú, esquimal, contáis con vuestras queridas esposas para emprender la nueva vida, que esperamos pueda comenzar pronto, tú, tu negra, tú, tu india, tú, tu mujer esquimal. Únicamente el hombre de Europa está solo. Ello me entristeció largo tiempo, pero ahora creo intuir qué significado tiene. Este hombre ha sido preservado para que nos sirva de advertencia y de estímulo, tal vez para que haga de fantasma. Pero no puede reproducirse, en ese caso sería absorbido de nuevo por la corriente de la humanidad multicolor. No tendrá derecho a estropear vuestra vida sobre la nueva tierra. ¡No temáis!

Cayó la noche, y a la mañana siguiente, en el oeste, nítida y diminuta, se alzaba sobre las aguas la cumbre de la montaña sagrada.

Edmund

(1930)

EDMUND, UN DOTADO JOVENCITO DE BUENA FAMILIA, había llegado a ser en el curso de varios años escolares el alumno predilecto del entonces conocido profesor Zerkel.

Ello sucedió en la época en que estaba próximo el fin del llamado período de posguerra, en que las grandes guerras, la gran superpoblación y la completa desaparición de la moral y la religión habían prestado a Europa ése aspecto desconcertado con que nos miran todos los retratos de los representantes de aquellos tiempos. Aún no había comenzado propiamente la época conocida con el nombre de «renacimiento de la Edad Media», pero, de todos modos, todo lo que durante más de un siglo mereciera el respeto y la aprobación generales había experimentado ya una profunda conmoción, y en muy amplios círculos podía percibirse un cansancio y una desgana rápidamente crecientes por lo que respecta a aquellas ramas de la ciencia y el saber que desde mediados del siglo XIX habían sido las preferidas. La gente estaba harta y requeteharta de los métodos analíticos, de la técnica como fin en sí mismo, de las artes ilustradas racionalistas, de la tenue racionalidad de la concepción del mundo que algunas decenas de años atrás había sido signo de la eminencia de la cultura europea y entre cuyos padres destacaron antaño los nombres de Darwin, Marx y Haeckel. En círculos progresistas, como aquellos a los que pertenecía Edmund, reinaba incluso un cierto desánimo general, un gusto escéptico, y por otra parte no exento de petulancia, por la autocrítica, por un cultivado desdén hacia los intelectuales y sus principales métodos. Al mismo tiempo, en estos círculos se prestaba un interés fanático a los estudios religiosos, entonces altamente desarrollados. Los profetas de las antiguas religiones no eran considerados ya, sobre todo bajo su aspecto histórico, sociológico o ideológico, como se hiciera hasta entonces, sino que se intentaba descubrir su fuerza vital directa, el efecto psicológico y mágico de sus formas, imágenes y ritos. Con todo y eso, entre los mayores y los maestros seguía predominando la curiosidad algo apática del puro cientifismo, un cierto gusto por la recolección, la comparación, la explicación, la clasificación y la erudición pedante; los más jóvenes y los alumnos, en cambio, seguían estos estudios con un nuevo espíritu, a saber: reverenciaban, envidiaban incluso, los fenómenos de la vida religiosa, anhelaban hacerse con el contenido de los cultos y las fórmulas que nos ha transmitido la historia, y les inundaba un secreto deseo —en parte escéptico, en parte abierto a la fe— de descubrir la esencia de todos esos fenómenos, una fe y una actitud psicológica que tal vez les permitieran superar los poderosos y elevados instintos, como hicieran sus lejanos antepasados, para llegar a vivir con esa lozanía y esa intensidad perdidas que resplandecen en los cultos religiosos y en las obras de arte del pasado.

Se hizo famoso, por ejemplo, el caso de aquel joven profesor de Marburgo que se había propuesto exponer la vida y la muerte del piadoso poeta Novalis. Es sabido que, después de fallecer su esposa, el tal Novalis tomó la decisión de seguirla en su muerte y, como verdadero devoto y poeta, no empleó para ello medios mecánicos, como veneno o armas de fuego, sino que se fue orientando hacia la muerte a través de métodos puramente espirituales y mágicos, y muy pronto falleció. El profesor cayó en el hechizo de esa vida y esa muerte extraordinarias, y a consecuencia de ello le invadió el deseo de imitar al poeta y seguirle en su muerte, sólo a base de compenetración e identificación. No le impulsaba realmente a ello el hastío de la vida, sino más bien el anhelo del milagro, esto es, de la capacidad de dirigir y controlar la vida corporal por medio del poder del espíritu. Y consiguió vivir y morir a semejanza del poeta, cuando aún no contaba treinta años. El caso causó sensación en la época y fue condenado vigorosamente por todos los círculos conservadores, así como por aquellos sectores de la juventud que encontraban satisfacción en el deporte y los goces materiales de la vida. Pero cerremos ya: no se trata de analizar aquí aquella época, sino sólo de indicar el estado de ánimo y la disposición de los círculos a los que pertenecía el estudiante Edmund.

Edmund estudiaba teología, dirigido por el profesor Zerkel, y sus intereses se centraban casi exclusivamente en las prácticas, en parte religiosas, en parte mágicas, a través de las cuales otras épocas y otros pueblos intentaron adquirir dominio espiritual sobre la vida y fortalecer el espíritu humano frente a la naturaleza y el destino. No le interesaba, como a su maestro, el aspecto filosófico y literario de las religiones, su llamada ideología, sino que intentaba explicar y fundamentar las verdaderas prácticas, ejercicios y fórmulas y su acción directa sobre la vida: el secreto del poder de los símbolos y sacramentos, las técnicas de concentración espiritual, los medios para llegar a estados de ánimo creativos. Hacía tiempo que se dejaba sentir la falta de un estudio serio del arte visible mediante el cual se habían explicado durante siglos fenómenos tales como la ascesis, el exorcismo, la vida monacal y eremítica. En aquel entonces, en un seminario exclusivo en el cual sólo participaba además de él un único estudiante avanzado, Edmund se dedicaba a descifrar ciertas fórmulas mágicas y tantras recién descubiertos en el norte de la India. Para su profesor, estos estudios ofrecían sólo un interés científico; compilaba y clasificaba esos fenómenos, como otros pueden coleccionar insectos. Pero advertía perfectamente que a su alumno Edmund le movía, en cambio, un tipo de anhelo totalmente distinto por esas frases mágicas y fórmulas de devoción, y también había notado hacía tiempo que, gracias a la forma devota de su estudio, el alumno había logrado iniciarse en muchos secretos que permanecían cerrados para el maestro; esperaba seguir conservando largo tiempo ese buen discípulo y aprovecharse de su colaboración.

A la sazón descifraban, traducían e interpretaban los textos de aquellos tantras indios, y Edmund acababa de proponer la siguiente traducción de la antigua versión original de una de esas fórmulas:

Cuando te encuentres en una situación en la cual tu espíritu enferma y olvida lo que para vivir necesita y tú adviertes que lo necesita y que debes dárselo, vacía entonces el corazón, limita al mínimo la respiración, represéntate el centro de la cabeza como una cavidad vacía, vuelve la mirada hacia esa cavidad y concéntrate en la contemplación; llegará un momento en que la cavidad ya no estará vacía y te mostrará la imagen de lo que necesita tu espíritu a fin de poder seguir viviendo.

—Bien —dijo el profesor, inclinando la cabeza en señal de asentimiento—. Pero, para ser aún más precisos, se tendría que sustituir la expresión «olvidar» por «perder». Y ha notado que la palabra que designa la «cavidad» es la misma que estos sabios sacerdotes emplean también para referirse al seno materno. Esos chicos verdaderamente lograron convertir en una enrevesada fórmula mágica unas instrucciones bastante prosaicas para la cura de la melancolía. ¡Este *mar pegil trafu gnoki* con sus reminiscencias de la fórmula de los grandes encantadores de serpientes debe de haber sonado bastante fatídico y espeluznante a los pobres bengalíes así embaucados! Desde luego, la receta misma, con sus instrucciones de vaciar el corazón, contener la respiración y volver la mirada hacia dentro, no nos ofrece nada nuevo: aparece expuesta con rotunda precisión en la fórmula 83, por ejemplo. Pero, veamos, Edmund, naturalmente usted opina algo del todo distinto. ¿Qué piensa?

—Señor profesor —dijo quedamente Edmund—, creo que en este caso vuelve a subvalorar el mérito de la fórmula en sí; no se trata aquí de las interpretaciones vulgares de las palabras, sino de las palabras mismas, el significado desnudo de la fórmula debe ir acompañado de algo más, su sonido, la elección de palabras poco habituales y antiguas, la asociación con las estimulantes reminiscencias del encantador de serpientes; sólo el conjunto de todo ello la dota de poder mágico.

—¡Suponiendo que de verdad lo tuviera! —rió el profesor—. Realmente es una lástima que usted no viviera en la época en que estas fórmulas aún estaban en uso. Hubiese resultado un blanco sumamente agradecido para las artes mágicas de estos poetas. Pero, por desgracia, ha llegado unos milenios demasiado tarde, y desearía apostarle que por mucho que se esfuerce en seguir las instrucciones de esta fórmula no obtendrá el menor resultado.

Volvióse hacia el otro estudiante y siguió hablando con animación y buen humor.

Entretanto, Edmund releyó una vez más su fórmula, cuyas primeras palabras, que parecían adecuadas para su propia situación, le habían causado extraordinaria impresión. Para sus adentros fue repitiendo la fórmula palabra por palabra, e intentó seguir al mismo tiempo sus instrucciones al pie de la letra:

Cuando te encuentres en una situación en la cual tu espíritu enferma y olvida lo que para vivir necesita y tú adviertes que lo necesita y que debes dárselo, vacía entonces el corazón, limita al mínimo la respiración...

Logró concentrarse mejor que en anteriores tentativas. Siguió las instrucciones y un presentimiento le indicó que realmente había llegado el momento de hacerlo, su espíritu se hallaba en peligro y había olvidado lo más importante.

Poco después de iniciar la respiración yóguica simple,

que había practicado a menudo, ya percibió que algo sucedía en su interior, entonces sintió que en el centro de la cabeza se le formaba una pequeña cavidad, la vio abrirse, pequeña y oscura, con creciente fervor dirigió la atención hacia la cavidad, del tamaño de una nuez, o el «seno materno». Y la cavidad comenzó a iluminarse tímidamente desde dentro, y la claridad fue aumentando poco a poco y, ante su mirada, en la cavidad se fue revelando cada vez con mayor nitidez la imagen de lo que le era preciso hacer para poder seguir viviendo la vida. La imagen no le asustó, no dudó ni un instante de su autenticidad; en lo más íntimo advirtió que la imagen estaba en lo cierto, que sólo le mostraba la más profunda necesidad «olvidada» de su espíritu.

De suerte que, alimentado por fuerzas jamás conocidas, procedentes de la imagen, obedeció, alegre y seguro, las órdenes de ésta y llevó a cabo la acción que había visto representada en la cavidad. Abrió los párpados que dejara caer durante la práctica de la fórmula, se levantó del banco, dio un paso adelante, extendió las manos, rodeó con ellas el cuello del profesor y lo fue apretando hasta notar que ya era suficiente. Dejó caer al suelo al estrangulado, dio media vuelta, y únicamente entonces recordó que no se encontraba solo: su compañero estaba sentado en el banco, pálido como un papel, la frente llena de gotas de sudor, y le miraba con espanto.

—¡Se ha cumplido todo al pie de la letra! —gritó extasiado Edmund—. Vacié el corazón, practiqué la respiración superficial, pensé en la cavidad de mi cabeza, centré en ella la mirada hasta alcanzar verdadera concentración, e inmediatamente apareció la imagen: vi la figura del profesor y la mía propia, y vi unas manos en torno a su cuello, y todo. Obedecí espontáneamente a la imagen, no fue precisa ninguna fuerza, no fue necesario tomar decisión alguna. ¡Y ahora me siento maravillosamente bien, como jamás en mi vida!

—¡Pero, hombre —gritó el otro—, recobra el sentido! ¡Has matado! ¡Eres un asesino! ¡Te juzgarán por ello!

Edmund no le escuchaba. Por lo pronto no le alcanzaban estas palabras. Repitió lentamente las expresiones de la fórmula: *mar pegil trafu gnoki*, y no vio ningún profesor, vivo ni muerto, sino sólo la expansión ilimitada del mundo y de la vida, que se abría para él.

Parodia suabia

(1928)

La bella región de Suabia posee una serie de bonitos pueblos y ciudades dignos de mención, llenos de recuerdos memorables, muchos de los cuales han sido también objeto de extraordinarias, incluso clásicas, descripciones. Bastará recordar aquí la historia, en tres volúmenes, de Bopfingen, escrita por Megerle, y las sustanciales investigaciones de Mörike sobre la familia Wispel. Las presentes notas históricas sobre Knörzelfingen, la perla del valle Knörzel, no pretenden ser más que una primera aproximación y servir de base para una posterior exposición histórica por una pluma profesional. Porque realmente ya comienza a ser hora de que alguien rompa una lanza en favor de Knörzelfingen y despierte de su secular sueño de bella durmiente a esta perla de uno de nuestros más hermosos valles patrios.

Como bien saben todos los colegiales suabios versados en la geografía regional, en este valle compuesto en gran parte de frondosos bosques, románticamente veteado de piedra caliza, nace un alegre riachuelo o arroyo, el Knörzel. Una conocida anécdota, parte de la gloriosa historia de Württemberg, cuenta que, finalizados sus estudios, Ludwig Uhland se presentó a las pruebas de madurez y su apreciado profesor Hosiander le preguntó el nombre del vigesimoprimer afluente izquierdo del Neckar y, con gran consternación del meritorio maestro, no logró dar con la respuesta. Ahora puede parecernos sintomático que precisamente nuestro gran Uhland, quien en sus poemas ha conservado para la posteridad tantos nombres de lugares y pueblos suabios, presentase esta singular laguna en sus conocimientos, por lo demás tan ricos. Y así como el gran poeta no pudo recordar el Knörzel, así también ha permanecido durante largo tiempo, olvidado por la literatura lo mismo que por el interés público. Y, sin embargo, un día resonó también allí el rumor del gran río de la historia y actualmente la voz popular aún recuerda numerosas peculiaridades y tradiciones de este lugar, cuya recolección debiera emprenderse a la mayor brevedad, antes de que el arrasador torrente de los potentes tiempos modernos también alcance, aniquilador, estos testimonios del pasado.

Originariamente, esto es, hasta el ominoso año de 1231,

el valle formaba parte de los magnos dominios del conde de Calw, si bien, según parece, la villa de Knörzelfingen no fue construida por éste, sino por Knorz I, ya en grises tiempos pretéritos. Aún podemos ver su lograda reproducción en los aguafuertes de Merian, aunque hoy ha desaparecido de la faz de la tierra y sólo el llamado monte de las ortigas, un montón de escombros cubierto de maleza digno de interés para el botánico, es aún testimonio de la augusta arquitectura. La ciencia no ha logrado resolver jamás el problema de determinar si Knorz I, edificador de la villa, y Knorz el Excéntrico, personaje favorito de tantos relatos populares, son una misma persona, e incluso se ha eludido el dilema con cierta aprensión. Entretanto, recientes investigaciones han establecido que el caballero Knorz, héroe de tantas románticas leyendas populares, no es más que un personaje mítico, y por tanto más vale prescindir de las numerosas huellas que esta venerable figura ha dejado en las costumbres y leyendas, en el lenguaje y los usos, de los habitantes de Knörzelfingen. Sólo señalaré aquí que, según las geniales investigaciones realizadas por Fischer y Bohnenberger, las maravillosas expresiones «knorzen» y «Knorzer» derivan sin duda alguna de dicho grupo de leyendas; entretanto han conquistado todo el ámbito lingüístico suabio. Al parecer, entre los relatos populares regionales, que según puede demostrarse proyectó nuestro dotado narrador Martin Kurtz, pero que lamentablemente nunca llegó a escribir, figuraba también una novela sobre Knorz el Excéntrico.

Procede asimismo del terreno de la tradición narrativa popular el relato del baño del duque Eugen el Velloso en el Knörzel, así como, en suma, todo el concepto de la gran estima en que antaño era tenido el arroyo como baño, sobre el cual ya tendremos ocasión de volver. Como es sabido, el día que tomó este baño, el duque Eugen cruzó a hombros a través de los espumosos remolinos del Knörzel a la bonita campesina Barbara Klemm, llamada la «Klemmin»,[1] y en todo caso nos parece precipitada la conclusión de Hammelehle, quien en su disertación, por lo demás meritoria, sobre «El duque Eugen el Velloso y su relación con el humanismo» cree poder identificar en este relato únicamente una versión humanístico-clásica del tema de la aventura de Zeus y la ninfa Europa. Pues, a fe mía, existen suficientes testimonios históricos de la relación amorosa de esta Barba-

1. Juego de palabras; del alemán *Klemme* = tenazas, pinzas.

ra Klemmin con el fastuoso y obcecado duque, por ejemplo en el poema satírico anónimo de 1523, «La congoja del duque».[2] En efecto, fue Achilles Zwillig, archidiácono de Stuttgart y valeroso capellán de la corte de Eugen, quien a la colérica orden del duque de que rehabilitase de inmediato a la Klemmin en un sermón público replicó con las honrosas palabras auténticamente suabias: «Que ella os haya cogido[3] a vos, Alteza, o haya sido cogida por vos, es cuestión que cualquier teólogo suabio rechazaría por indigna de su atención.»

En el siglo XVIII, un ciudadano de Knörzelfingen —el hijo del jornalero Adam Wulle— alcanzó gran renombre en la región como predicador laico y portavoz de una secta pietista por él creada, y en particular provocó el asombro general con su improvisado y explosivo sermón de hora y media sobre el versículo bíblico: «Y Joram engendró al Usia.» Se trata del mismo Adam Wulle de quien nos ha llegado la divertida anécdota según la cual un compañero le explicó una vez los signos por los cuales podía determinarse de forma infalible si una mujer era una bruja o no. Según le dijo, podía identificarse de inmediato una bruja por la blancura nívea de sus rodillas. Bajo el impulso de una corazonada, por la noche Wulle examinó las rodillas de su esposa y la declaró libre de toda sospecha con estas palabras: «Bruja no eres, pero sí una sucia columna.»

Por lo general, conforme a la buena usanza suabia, los naturales de Knörzelfingen parecen haber gozado de un feliz don de acuñar breves y sugerentes exclamaciones. Fue el alcalde de Knörzelfingen quien expresó de forma clásica la cándida opinión del pueblo sobre el párroco y poeta Eduard Mörike. Durante cierto tiempo, éste fue vicario de un pueblo de aquella zona y, un día, al preguntársele al alcalde si sabía que su vecino, el vicario Mörike, también escribía muy bellos versos, el buen hombre asintió y dijo: «Ya podría hacer algo más sensato ese chico.»

Detallada descripción aparte merecería la historia de Knörzelfingen como centro de baños medicinales. Dicen que en tiempos remotos un duque de Württemberg se perdió por el valle del Knörzel en el curso de una cacería, y si bien él y sus hombres tocaron gran número de liebres, ciervos, faisanes y otros animales, sólo en raras ocasiones

2. «Des Herzogs Beklemmung.» Juego de palabras; del alemán *Beklemmung* = congoja.
3. Juego de palabras; del alemán *klemmen* = coger con pinzas.

lograron hacerse con las piezas cobradas; al investigar el caso descubrieron que los animales heridos se arrastraban hasta el murmurante Knörzel, bebían o se lavaban en sus aguas e inmediatamente volvían a correr, curados, por los magníficos bosques, que aún hoy en día siguen embelleciendo esos parajes. Así nació la fama del agua del Knörzel y de sus poderes curativos, y durante siglos, al igual que tantos otros agraciados valles de nuestro país, el valle fue visitado por toda clase de enfermos, pero sobre todo por gentes que sufrían de gota y reumatismo. Pero, ya sea debido a que con los años ha variado la naturaleza de las aguas, o bien porque no ejercía sobre las personas el mismo efecto que tenía en los animales del bosque, el caso es que en este baño se consiguieron tan pocas curas como en otros baños, para gran beneficio de los hosteleros, ya que los enfermos no sanaban y se iban, sino que seguían enfermos y deseosos de curarse y retornaban año tras año a la cura de las aguas, lo cual, por otra parte, también es habitual en otros baños. Esta situación complacía a hosteleros y a enfermos: los hosteleros cobraban y los enfermos podían regresar cada año, contarse sus respectivas dolencias y pasar algunas semanas de verano sentados, a ratos en tumbonas, a ratos ante las mesas bien provistas de perdices y truchas de la región.

Esta agradable vida de los baños tocó a su fin por culpa de la «barrabasada» suabia de un hijo de Knörzelfingen, quien ejercía la profesión de médico en su villa. Éste fue contemporáneo de Justinus Kerner, el doctor Passavant y otros exaltados espíritus románticos, y podría haberse ganado bien la vida como médico de los baños de no haberse tratado de un exaltado, un idealista y un rudo fanático de la verdad. En el plazo de pocos años, este extraordinario médico (todavía en nuestros días no puede pronunciarse su nombre en Knörzelfingen) paralizó por completo y arruinó el preciado baño medicinal. Se burlaba de los enfermos que le preguntaban cuántos baños debían tomar y con qué frecuencia, y qué era más eficaz: los baños o la cura de aguas. Apoyándose en grandes conocimientos irrebatibles y una elocuencia contagiosa explicaba a los parroquianos de los baños que todos esos dolores de las articulaciones y las extremidades no eran en modo alguno de origen corporal, sino de carácter espiritual, y que de nada les serviría tragar medicamentos, ni bañarse en toda clase de aguas, ya que esas desagradables dolencias no eran causadas por la acción del metabolismo, a través del ácido úrico, como pretendía la ciencia materialista, sino que se debían a fallos de carácter, y por tanto sólo podían curarse por medios espirituales, en la medida en que pudiera hablarse realmente de enfermedades «curables». Y en consecuencia, los respetables señores no debían esperar nada de los baños, sino lamentarse de sus debilidades de carácter o aprender a vivir con las mismas. Este médico logró aniquilar en pocos años la fama de los antiguos baños medicinales. Una generación posterior laboró enérgicamente por la reapertura de este manantial de oro. Pero, entretanto, había progresado mucho la cultura general y ningún médico enviaba ya un enfermo a unos baños simplemente porque éstos tuvieran renombre, sino que se exigían precisos análisis químicos de las aguas. En el caso del agua del Knörzel, el resultado de estos análisis reveló su laudable calidad como agua de mesa, pero no se hallaron en ella otros alicientes que pudiesen seducir a médicos y pacientes. Por ello, los enfermos de gota siguen desplazándose cada año a otros baños, comentan allí sus dolencias y ensalzan el buen servicio y la música sedante, pero ya nadie acude a Knörzelfingen.

Dejo aún muchos detalles en el tintero, pero dado lo vasto de la materia me doy por satisfecho sabiendo que, si bien no he agotado ni con mucho el tema, no obstante he despertado interés por una exposición más optimista del mismo. Mi intención es someter este pequeño trabajo sobre Knörzelfingen a la muy respetable universidad, supuestamente fundada por Knorz I, con miras a la consecución del nombramiento rectoral, si bien la decisión de la facultad queda pendiente aún de ulteriores deliberaciones.

Sobre el lobo estepario
(1928)

El avispado propietario de una pequeña casa de fieras había conseguido contratar por breve tiempo al famoso lobo estepario Harry. Lo anunció con grandes carteles en toda la ciudad y se prometía obtener con ello un incremento de la asistencia a su espectáculo, y no quedó defraudado en sus expectativas. Todo el mundo había oído hablar del lobo estepario, la leyenda de esta bestia se había convertido en tema favorito de conversación en los círculos cultivados, todos pretendían saber tal o cual cosa sobre ese animal, y las opiniones al respecto estaban muy divididas. Algunos consideraban que una fiera como el lobo estepario constituía sin lugar a dudas un fenómeno preocupante, peligroso y malsano, hacía escarnio de la burguesía, arrancaba las escenas de caballería de los muros de los templos de la cultura, incluso se burlaba de Johann Wolfgang von Goethe, y puesto que esa alimaña de la estepa era cosa muy poco cristiana y tenía un impacto contagioso y provocativo sobre parte de la juventud, todo el mundo debería acabar haciendo causa común para eliminar a ese lobo estepario; no se podría vivir en paz hasta que estuviera muerto y enterrado. Pero no todos compartían este simple parecer, bienpensante y seguramente correcto. Había otro bando, el cual cultivaba una versión totalmente distinta; este bando opinaba que, desde luego, el lobo estepario no era un animal inofensivo, pero que no sólo tenía su derecho a la existencia, sino incluso una misión moral y social que cumplir. Cada uno de nosotros —así afirmaban los partidarios de este bando, en su mayor parte personas muy cultivadas—, cada uno de nosotros lleva en realidad, sin saberlo, escondido en el pecho, un lobo estepario como ése. Los pechos a los cuales, quienes así opinaban, tenían por costumbre señalar al pronunciar estas palabras eran los honradísimos pechos de damas de sociedad, de abogados e industriales; esos pechos iban cubiertos con camisas de seda y chalecos de corte moderno. Cada uno de nosotros —así decían esas gentes de ideas liberales— conoce perfectamente en lo más profundo de su ser los sentimientos, instintos y sufrimientos del lobo estepario, cada uno de nosotros ha tenido que combatirlos y, en el fondo, cada uno de nosotros es también un pobre lobo estepario ululante y hambriento. Así decían, charlando sobre el lobo estepario, vestidos con camisas de seda, y muchos críticos declarados hablaban de esta guisa, y después se cubrían con sus hermosos sombreros de fieltro, se ponían sus hermosos abrigos de pieles, subían a sus hermosos automóviles y regresaban a su trabajo, a sus oficinas y redacciones, despachos y fábricas. Una noche, bebiendo whisky, uno de ellos llegó a sugerir la creación de un Club del Lobo Estepario.

Así que el día que la casa de fieras estrenó su nuevo programa muchos curiosos acudieron también a contemplar al famoso animal, cuya jaula sólo podía verse previo pago de un centavo adicional. El empresario había procurado decorar de forma adecuada para la ocasión una pequeña jaula, ocupada anteriormente por una pantera, por desgracia fallecida de muerte prematura. El activo empresario se había visto un poco en apuros para lograrlo, pues, sea como fuere, ese lobo estepario era un animal un poco fuera de lo corriente. Del mismo modo que aquellos señores abogados y fabricantes llevaban presuntamente escondido un lobo en el pecho, bajo la camisa y el chaqué, así también se suponía que este lobo llevaba escondido un hombre en su fuerte pecho velludo, diferenciaba sensaciones, melodías de Mozart y cosas por el estilo. A fin de tener en consideración, en lo posible, estas extraordinarias circunstancias y las expectativas del público, el astuto empresario (que sabía desde hacía años que incluso las fieras más salvajes no son tan caprichosas, peligrosas e imprevisibles como el público) había decorado la jaula de forma algo curiosa, colocando en ella algunos emblemas del hombre-lobo. Era una jaula como todas, con barrotes de hierro y un poco de paja en el suelo, pero de uno de sus muros colgaba un bonito espejo Imperio y en el centro de la jaula había un pequeño piano, un pianino, con el teclado al descubierto, y sobre el mueble algo desvencijado había colocado un busto de yeso del príncipe de los poetas, Goethe.

En cuanto al animal en sí, que tanta curiosidad despertaba, no presentaba absolutamente ningún rasgo sorprendente. Tenía exactamente el aspecto que debe tener un lobo estepario, *lupus campestris*. Pasaba la mayor parte del rato sin moverse, echado en un rincón, lo más apartado posible de los mirones, se mordisqueaba las patas delanteras y miraba fijamente al vacío, como si en vez de barrotes tuviera ante sí toda la infinita extensión de la estepa. De vez en cuando se levantaba y recorría un par de veces la jaula arriba y abajo, con lo cual el pianino se tambaleaba sobre el desigual piso y el príncipe de los poetas en yeso también temblaba peligrosamente sobre el piano. La fiera prestaba poca atención a los visitantes y su aspecto más bien defraudaba a la mayor parte. Pero también existía diversidad de pareceres en cuanto a esta apariencia. Muchos decían que el animal era una bestia perfectamente vulgar, sin expresión, un estúpido lobo común y basta, y que, en todo caso, «lobo estepario» no era un concepto zoológico. Otros afirmaban, en cambio, que el animal tenía una bonita mirada y que todo su ser expresaba una espiritualidad conmovedora, la cual hacía estremecerse de simpatía el corazón. Entretanto, a los sabios no les pasó por alto que estas declaraciones sobre la mirada del lobo estepario también podían aplicarse a todos los demás animales de la casa de fieras.

Por la tarde, la sala separada de las casetas de feria donde se encontraba la jaula del lobo recibió la visita de un pequeño grupo, el cual se detuvo largo rato a contemplarlo. Se trataba de tres personas: dos niños y su institutriz. Uno de los niños era una bonita chiquilla de ocho años, bastante callada; el otro, un fornido muchachito de doce años. Al lobo estepario le gustaron mucho ambos... su piel desprendía un olor joven y sano; el animal comenzó a echar frecuentes ojeadas a las bonitas y rectas piernas de la niña. La institutriz... bueno, eso ya era otra cosa; le pareció preferible mirarla lo menos posible.

Con objeto de estar más próximo a la linda chiquita y poder olerla mejor, el lobo Harry se había tendido muy cerca de la reja del lado de los espectadores. Mientras absorbía complacido las emanaciones de los dos niños, iba escuchando con cierto fastidio las manifestaciones de los tres, los cuales parecían interesarse mucho por Harry y hablaban animadamente de él. Pero sus puntos de vista eran muy dispares. El niño, un personaje gallardo y sano, compartía por completo la opinión que había oído expresar a su padre en casa. A su modo de ver, el lugar adecuado para un lobo como ése era tras las rejas de una casa de fieras; por el contrario, dejarle correr en libertad hubiese sido una irresponsable necedad. Con el tiempo podría intentarse la posibilidad de adiestrar al animal, tal vez para tirar un trineo como un perro esquimal, pero sería una difícil empresa. No, él, el niño Gustav, mataría ese lobo sin pensarlo dos veces dondequiera que se topase con él.

El lobo estepario escuchaba y se relamía amigablemente. Le gustaba ese niño. «Espero —pensó— que si tenemos un encuentro inesperado dispongas de una escopeta a mano. Y espero encontrarte afuera, en la estepa, y no aparecer ante ti de improviso en tu propio espejo.» El chico le resultaba simpático. Sería un joven gallardo, un ingeniero trabajador y triunfante, o un fabricante o un oficial, y, llegado el momento, a Harry no le importaría medirse con él, y dejarse matar si fuera preciso.

Más difícil resultaba clasificar la postura de la muchachita respecto al lobo estepario. Primero se lo miró, y lo hizo con mucha mayor curiosidad y detención que los otros dos, los cuales ya creían saberlo todo sobre él. La niña decidió que le gustaba la lengua y las fauces de Harry, y también le atrajeron sus ojos; en cambio contempló con desconfianza el pelo, no demasiado bien cuidado, y husmeó el penetrante olor a fiera de presa con excitación y extrañeza, mezcla de repulsa y asco, y también de inquisidora concupiscencia. Sí, en conjunto le gustaba, y no le pasó inadvertido ni mucho menos que Harry se sentía muy atraído por ella y la contemplaba con ávida admiración; recibía esta admiración con visible deleite. De vez en cuando hacía alguna pregunta.

—Perdone, señorita, ¿por qué tiene que tener un piano en la jaula este lobo? —preguntó—. Creo que preferiría que le diesen algo de comer.

—No es un lobo corriente —dijo la señorita—, es un lobo filarmónico. Pero tú todavía no puedes comprenderlo, pequeña.

La niña hizo un mohín con la boca y dijo:

—Realmente parece que hay muchas cosas que aún no puedo comprender. Si el lobo es filarmónico, es lógico que tenga un piano, y por mí, incluso dos. Pero que encima del piano deba tener esa figura, me parece un poco cómico. ¿Para qué le sirve, por favor?

—Es un símbolo... —quería comenzar a explicar la institutriz. Pero el lobo acudió en ayuda de la pequeña. Con suma franqueza le guiñó un ojo, enamorado; después se levantó de un salto, lo cual asustó a los tres un instante, se estiró y se aproximó al poco estable piano, comenzando a frotarse y restregarse contra el canto del mismo, cada vez con más fuerza y energía, hasta que el busto, tambaleante, perdió el equilibrio y se vino abajo. El suelo retumbó y Goethe se rompió en tres pedazos, al igual que el

Goethe de algunos filólogos. El lobo olfateó un momento cada uno de estos trozos, después les dio la espalda con indiferencia y volvió a echarse cerca de la niña.

Entonces la institutriz pasó a ocupar el primer plano de los acontecimientos. Era una de aquellas personas que, pese a su traje deportivo y sus melenas, creen haber descubierto un lobo en su propio pecho, pertenecía al grupo de lectoras y admiradoras de Harry, por cuya hermana espiritual se tenía; en efecto, también ella albergaba en su pecho toda clase de sentimientos reprimidos y de problemas existenciales. Sin embargo, una vaga intuición le decía que su protegida y sociable buena vida burguesa en realidad no era ni una estepa ni un aislamiento, que nunca llegaría a reunir el coraje o la desesperación necesarios para romper con esa vida protegida y arriesgarse a dar, como Harry, el salto mortal en el caos. Oh, no, evidentemente nunca haría eso. Pero, en cambio, tendría simpatía y compasión por el lobo estepario, y también se lo demostraría muy gustosa. Tenía muchas ganas de invitar a ese Harry a tomar té o a tocar Mozart con él a cuatro manos, en cuanto volviese a adoptar su figura humana y vistiese un smoking. Y decidió hacer una tentativa en este sentido.

Entretanto, la pequeña ochoañera había concedido al lobo su afecto sin reservas. Se quedó embelesada al ver que el inteligente animal tiraba el busto, y comprendió perfectamente que lo había hecho pensando en ella, que había comprendido sus palabras y que se había puesto claramente de su parte, contra la institutriz. ¿Destrozaría también ese estúpido piano? ¡Ay!, era fantástico, no podía dejar de quererlo.

Mientras tanto, Harry había dejado de interesarse por el piano, se había arrastrado apretándose contra la reja, muy cerca de la niña, tenía el hocico a ras del suelo mirándola entre los barrotes como un perro mimado, y la contemplaba solícito, con ojos embelesados. La pequeña no pudo resistir más. Fascinada y confiada, extendió la manecita y acarició el oscuro hocico. Pero Harry la miró alentador y, muy despacito, comenzó a lamer la pequeña mano con su caliente lengua.

Al verlo, la institutriz se decidió. También ella quería presentarse ante Harry como una hermana comprensiva, también ella quería confraternizar con él. Se afanó en abrir un pequeño y elegante paquetito de papel de seda e hilo dorado, desenvolvió una hoja de papel de estaño y sacó un bonito pastelito, un corazón de fino chocolate, y se lo alargó al lobo con una mirada significativa.

Harry parpadeó y siguió lamiendo en silencio la mano infantil; al mismo tiempo vigilaba con gran precisión todos los movimientos de la institutriz. Y precisamente en el instante en que tuvo bastante cerca la mano de ésta con el corazón de chocolate, se lanzó sobre ella como un rayo y atrapó mano y corazón entre sus relucientes dientes. Los tres humanos gritaron al unísono y se apartaron de un salto, pero la institutriz no pudo hacerlo, su hermano lobo la tenía cogida, y todavía pasó un angustioso momento antes de que lograse zafar su mano ensangrentada y contemplarla con horror. Había sido mordida a conciencia.

La pobre señorita volvió a gritar. Sin embargo, su conflicto íntimo quedó totalmente resuelto en el acto. No, no era una loba, no tenía nada en común con ese rudo monstruo que ahora husmeaba con interés el corazón de chocolate cubierto de sangre. Inmediatamente se puso en guardia.

La señorita se irguió en medio del grupo indignado que en seguida se había formado a su alrededor y, con la mano en alto y apartada para no manchar el vestido, encarándose con el pálido propietario de la casa de fieras, aseveró con deslumbrante elocuencia que no pararía hasta ser indemnizada por ese burdo atentado, y que quedaría sorprendido cuando se enterase de la cantidad que pensaba exigirle como compensación por la desfiguración de su bella mano, dotada además para el piano. Y debería matar al lobo... ya vería de lo que ella era capaz.

Serenándose rápidamente, el empresario le señaló el chocolate que seguía tirado junto a Harry. Había carteles que prohibían terminantemente dar de comer a los animales: él se desentendía de las consecuencias. Ya podía ella ir a denunciarle, ningún tribunal del mundo le daría la razón. Además, estaba asegurado contra toda responsabilidad. Más le valía a la dama que fuese a ver a su médico.

Así lo hizo; pero, al salir del médico, con la mano recién vendada, se dirigió al despacho de un abogado. Durante los días que siguieron al incidente, la jaula de Harry fue visitada por centenares de personas.

Desde entonces, el pleito entre la dama y el lobo estepario ha ocupado día tras día las primeras noticias de actualidad. El caso es que la parte demandante intenta responsabilizar al propio lobo Harry, y sólo subsidiariamente al empresario. En efecto, así se extiende sobre la materia el escrito de acusación: el tal Harry no debe ser considerado en modo alguno un animal irresponsable; lleva un verdadero nombre de burgués, sólo de vez en cuando es exhibido como animal de presa y ha publicado un libro de memorias. En caso de que el tribunal competente dé tal y cual veredicto, el proceso pasará por todos los trámites de rigor hasta llegar al Tribunal Supremo.

Es decir, que podemos contar, en un plazo de tiempo razonable, con un dictamen definitivo del funcionario más competente sobre el problema de si el lobo estepario es en realidad hombre o fiera.

respetable. Esta decisión —fatalidad, más bien— tuvo las siguientes consecuencias aparentes:

Cuando tenía trece años y acababa de iniciarse el conflicto, mi comportamiento en casa de mis padres y también en la escuela comenzó a dejar tanto que desear que fui desterrado al colegio latino de otra ciudad. Un año más tarde pasé a ser pupilo de un seminario de teología, aprendí a escribir el alfabeto hebreo y ya no me faltaba mucho para comprender qué es una «dagesch forte implicitum» cuando de pronto se desencadenó dentro de mí una tormenta íntima que me llevó a huir de la escuela monástica, a ser castigado con una pena de reclusión rigurosa en la cárcel universitaria y a ser expulsado del seminario.

Pasé entonces un tiempo esforzándome por sacar adelante mis estudios en un gimnasio, pero también aquello acabó en cárcel universitaria y expulsión. Luego fui aprendiz de tendero durante tres días, volví a escaparme y desaparecí algunos días y noches con gran preocupación de mis padres. Pasé medio año como ayudante de mi padre, trabajé otros seis meses como meritorio en un taller mecánico y y fábrica de relojes de campanario.

Para abreviar: durante más de cuatro años todo lo que intentaron hacer conmigo resultó un rotundo fracaso, en ninguna escuela me querían, no duraba mucho en ningún aprendizaje. Cada tentativa de hacer de mí un hombre acabó en un fracaso, la mayoría de las veces en oprobio y escándalo, o en huida y expulsión, ¡y, no obstante, en todas partes reconocían que tenía buenas dotes e incluso cierto grado de rectas intenciones! Además, también era pasablemente trabajador; siempre he mirado con profundo respeto la elevada virtud de la ociosidad, pero nunca he logrado dominarla. A los quince años, tras fracasar en la escuela, emprendí a conciencia y con energía mi propia formación, y tuve la suerte y la satisfacción de que la casa de mi padre albergase la impresionante biblioteca del abuelo, toda una sala repleta de viejos libros, que contenía entre otras cosas toda la poesía y filosofía del siglo XVIII. Entre los dieciséis y los veinte años, además de llenar montones de papel con mis primeras tentativas poéticas, leí también la mitad de la literatura mundial y me dediqué a estudiar historia del arte, lenguas, filosofía, con una tenacidad que hubiese bastado con creces para proseguir unos estudios normales.

Después me hice librero, con objeto de empezar a ganarme por fin mi propio pan. En todo caso sentía mayor afi-

El rey Yu

Un relato de la antigua China

(1929)

La historia de la antigua China ofrece escasos ejemplos de monarcas y estadistas que fuesen derrocados a causa de haber caído bajo la influencia de una mujer y de un enamoramiento. Uno de estos raros ejemplos —y uno muy notable— es el del rey Yu de Tchou y su mujer Bau Si.

El país de Tchou lindaba por el oeste con los territorios de los bárbaros mongoles, y la sede de su Corte, Fong, se encontraba en medio de una región poco segura, que de vez en cuando se veía expuesta a los asaltos y saqueos de aquellas tribus bárbaras. Por ello fue preciso ocuparse de reforzar al máximo las fortificaciones fronterizas y, sobre todo, de proteger mejor la Corte.

Los libros de historia nos dicen que el rey Yu, el cual no era un mal estadista y sabía prestar atención a los buenos consejos, supo compensar las desventajas de su frontera adoptando inteligentes medidas, pero que todas estas inteligentes y meritorias obras quedaron destruidas por los caprichos de una bonita mujer.

En efecto, con ayuda de todos sus príncipes vasallos, el rey estableció en la frontera occidental una línea de defensa, línea de defensa que, como todas las creaciones políticas, presentaba un doble carácter, a saber: moral, por una parte, y mecánico, por otra. El fundamento moral del tratado era el juramento y la fidelidad de los príncipes y sus oficiales, cada uno de los cuales se comprometía a acudir con sus soldados a la Corte a socorrer al rey a la primera señal de alarma. A su vez, el principio mecánico, del cual se ocupaba el rey, consistía en un bien pensado sistema de torres, que hizo construir en su frontera occidental. En cada una de estas torres debía montarse guardia día y noche; las torres estaban provistas de tambores muy potentes. En caso de una invasión enemiga por cualquier punto de la frontera, la torre más próxima redoblaría su tambor; de torre en torre esta señal recorrería todo el país en un tiempo mínimo.

Este inteligente y loable dispositivo ocupó largo tiempo al rey Yu, quien tuvo que celebrar conferencias con sus príncipes, considerar los informes de los arquitectos, organizar la instrucción del servicio de guardia. Ahora bien, el rey tenía una favorita llamada Bau Si, una mujer hermosa que supo hacerse con una influencia sobre el corazón y los sentidos del rey, mayor de lo que puede convenir a un monarca y a su reino. Al igual que su señor, Bau Si seguía con curiosidad e interés los trabajos que se realizaban en la frontera, del mismo modo que una niña vivaracha e inteligente contempla, de vez en cuando, con admiración y envidia los juegos de los muchachos. Para que lo comprendiese todo perfectamente, uno de los arquitectos le había construido un delicado modelo —de arcilla pintada y cocida— de la línea de defensa; este modelo representaba la frontera y el sistema de torres, y en cada una de las graciosas torrecillas había un guardia de arcilla infinitamente pequeño y que en vez de tambor llevaba colgada una diminuta campanilla. Este bonito juguete constituía el pasatiempo favorito de la mujer del rey, y cuando alguna vez estaba de mal humor, sus doncellas solían proponerle jugar al «ataque bárbaro». Entonces colocaban todas las torrecillas, hacían tañer las campanillas enanas, y así disfrutaban y se entretenían mucho.

El día astrológicamente favorable en que, concluidas al fin las obras, instalados los tambores y preparado el servicio de guardia, se puso a prueba, previo acuerdo, la nueva línea de defensa, fue una ocasión gloriosa para el rey. Orgulloso de su realización, se mostraba muy impaciente; los cortesanos esperaban para darle sus parabienes, pero la más ansiosa y excitada era la hermosa mujer Bau Si, la cual casi no podía esperar que concluyesen todas las ceremonias y rogaciones previas.

Por fin llegó la hora señalada, y por primera vez comenzó a desarrollarse en gran escala y de verdad el juego de las torres y los tambores que tan a menudo había hecho pasar un buen rato a la mujer del rey. Ésta apenas podía contener sus ansias de comenzar a intervenir en el juego y a dar órdenes, tan grande era su alegre excitación. El rey le lanzó una grave mirada, y con esto se controló. Había llegado el momento; ahora jugarían a «ataque bárbaro» en grande y con torres de verdad, con hombres y tambores de verdad, para ver cómo resultaba todo. El rey dio la señal, el mayordomo mayor transmitió la orden al capitán de la caballería, éste trotó hasta la primera torre y dio orden de redoblar el tambor. El redoble retumbó potente y profundo, su sonido alcanzó todos los oídos, festivo y profundamente conmovedor. Bau Si se había puesto pálida de emoción y comenzó a temblar. El gran tambor de batalla redoblaba con fuerza su basto ritmo estremecedor, un canto lleno de presagios y amenazas, lleno de lo venidero, de guerra y miseria, de miedo y derrota. Todos lo escuchaban con profundo respeto. Cuando el sonido comenzaba a extinguirse, de la torre siguiente salió la réplica, lejana y débil, la cual se fue perdiendo rápidamente, y después no se oyó nada más, y al cabo de unos instantes se rompió el festivo silencio, la gente volvió a alzar la voz, se pusieron en pie y comenzaron a charlar.

Entretanto, el profundo y atronador redoble fue pasando de la segunda a la tercera y a la décima y a la trigésima torre, y cuando se dejaba oír, todos los soldados de esa zona tenían estrictas órdenes de presentarse de inmediato en el lugar convenido, armados y con la bolsa de provisiones llena; todos los capitanes y coroneles debían prepararse para la marcha sin pérdida de tiempo y apresurarse al máximo; también debían enviar ciertas órdenes preestablecidas al interior del país. Dondequiera que se oía el redoble del tambor se interrumpía el trabajo y las comidas, los juegos y el sueño, se empaquetaba, se ensillaba, se recogía, se emprendía la marcha a pie y a caballo. En breve espacio de tiempo, de todos los distritos de los alrededores salían tropas presurosas con destino a la Corte de Fong.

En Fong, en el patio de palacio, se había relajado pronto la profunda emoción e interés que se habían apoderado de todos los ánimos al redoblar el terrible tambor. La gente paseaba por el jardín de la Corte charlando animadamente, toda la ciudad estaba de fiesta, y cuando, transcurridas menos de tres horas, comenzaron a aproximarse ya cabalgatas pequeñas y más grandes, procedentes de dos direcciones, y luego, de hora en hora, fueron llegando más y más —lo cual duró todo ese día y los dos siguientes—, el rey, sus cortesanos y sus oficiales fueron presa de un creciente entusiasmo. El rey se vio colmado de agasajos y congratulaciones, los arquitectos fueron invitados a un banquete y el tambor de la primera torre, el que había dado el primer redoble, fue coronado por el pueblo, paseado en andas por las calles y obsequiado por todos.

La mujer del rey, Bau Si, estaba absolutamente entusiasmada y como embriagada. Su juego de torrecitas y campanillas se había hecho realidad de forma mucho más espléndida de lo que nunca hubiese podido imaginar. Por arte de magia, la orden había desaparecido en el solitario país, envuelta en la amplia onda sonora del redoble del tambor; y su resultado llegaba ahora, vivo, real, como un eco de lontananza, el emocionante bramido de ese tambor había producido un ejército, un ejército de cientos y miles de hombres bien armados que iban llegando por el horizonte, a pie y a caballo, en continuo flujo, en continuo y rápido avance: arqueros, caballería ligera y pesada, lanceros, iban llenando gradualmente, con creciente barullo, todo el espacio disponible alrededor de la ciudad, donde eran acogidos y se les indicaban sus posiciones, donde eran aclamados y obsequiados, donde acampaban, levantaban tiendas y encendían fogatas. Esto continuó día y noche; como duendes de fábula surgían de la tierra gris, lejanos, diminutos, envueltos en nubes de polvo, para finalmente formar filas, hechos sobrecogedora realidad, bajo las miradas de la Corte y de la embelesada Bau Si.

El rey Yu estaba muy satisfecho, y en particular le complacía el arrobamiento de su favorita; llena de felicidad, resplandecía como una flor y el rey nunca la había visto tan bella. Pero las festividades duran poco. También esta gran fiesta se extinguió y dio paso a la vida de todos los días: dejaron de ocurrir maravillas, no se hicieron realidad nuevos sueños de fábula. Esto resulta insoportable a las personas desocupadas y veleidosas. Pasadas unas semanas de la fiesta, Bau Si volvió a perder todo su buen humor. El pequeño juego con las torrecillas de arcilla y las campanillas colgadas de un hilo resultaba tan insulso ahora, después de haber probado el gran juego. ¡Oh, cuán embriagador había resultado éste! Y todo estaba allí dispuesto, listo para repetir el sublime juego: allí estaban las torres y colgaban los tambores, allí montaban guardia los soldados y permanecían alerta los tambores en sus uniformes, todo estaba a la expectativa, pendiente de la gran orden, ¡y todo permanecía muerto e inservible en tanto no llegase esa orden!

Bau Si perdió la sonrisa, desapareció su aspecto resplandeciente; el rey contemplaba preocupado a su compañera preferida, privado de su consuelo nocturno. Tuvo que incrementar al máximo sus presentes, con tal de poder sacarle una sonrisa. Había llegado el momento de comprender la situación y sacrificar al deber la pequeña y dulce preciosidad. Pero Yu era débil. Que Bau Si recuperase la alegría, le parecía lo principal.

Así, sucumbió a la tentación que le preparaba la mujer,

poco a poco y ofreciendo resistencia, pero sucumbió. Bau Si le arrastró tan lejos, que llegó a olvidar sus deberes. Cediendo a las súplicas mil veces repetidas, satisfizo el único gran deseo de su corazón: accedió a dar la señal a la guardia fronteriza, como si se avecinase el enemigo. En el acto resonó el profundo, conmovedor redoble del tambor de guerra. Esta vez, al rey le pareció un sonido terrible, y también Bau Si se asustó al oírlo. Mas luego se fue repitiendo todo el delicioso juego: en el horizonte se alzaron las pequeñas nubes de polvo, las tropas fueron llegando, a pie y a caballo, durante tres días seguidos, los generales hicieron reverencias, los soldados montaron sus tiendas. Bau Si estaba encantada, su rostro resplandecía. Pero el rey Yu pasó momentos difíciles. Se veía obligado a reconocer que no le había atacado ningún enemigo, que todo estaba en calma. Conque intentó justificar la falsa alarma diciendo que se trataba de un provechoso ejercicio. Nadie se lo discutió, todos se inclinaron y lo aceptaron. Pero los oficiales comenzaron a rumorear que habían sido víctimas de una desleal travesura del rey; éste había alarmado a toda la frontera y los había movilizado a todos, miles de hombres, con el mero objeto de complacer a su favorita. Y la mayor parte de los oficiales estuvieron de acuerdo en no volver a responder en el futuro a una orden de este tipo. Entretanto, el rey se esforzaba por levantar los ánimos de las disgustadas tropas con espléndidos obsequios. Bau Si había conseguido lo que quería.

Pero cuando comenzaba a retornar su malhumor y empezaba a sentirse nuevamente deseosa de repetir el insensato juego, ambos recibieron su castigo. Tal vez por casualidad, tal vez porque les habían llegado noticias de esos acontecimientos, un buen día los bárbaros cruzaron inesperadamente la frontera en grandes bandadas de jinetes. Las torres dieron su señal sin tardanza, el redoble lanzó su imperiosa exhortación y se fue difundiendo hasta el último recodo. Pero el exquisito juguete, con su mecánica tan admirable, parecía haberse roto: los tambores ya podían sonar, pero nada tañía en los corazones de los soldados y oficiales del país. Éstos no respondieron al tambor. Y el rey y Bau Si otearon en vano en todas direcciones; por ningún lado se levantaba la polvareda, en ninguna dirección se veían acercar caracoleantes las pequeñas cabalgatas grises, nadie acudió en su ayuda.

El rey salió presuroso al encuentro de los bárbaros con

las escasas tropas que tenía a mano. Pero el enemigo era numeroso; derrotó a las tropas, tomó la Corte de Fong, destruyó el palacio, derribó las torres. El rey Yu perdió el reino y la vida, y otro tanto le ocurrió a su favorita Bau Si, de cuya perniciosa sonrisa aún siguen hablando los libros de historia.

Fong fue destruida, la cosa iba en serio. Éste fue el fin del juego de los tambores y del rey Yu y la sonriente Bau Si. El sucesor de Yu, el rey Ping, no tuvo más remedio que abandonar Fong y trasladar la Corte más hacia Oriente; se vio obligado a comprar la futura seguridad de sus dominios por medio de pactos con monarcas vecinos y la cesión a éstos de grandes extensiones de territorio.

El pájaro

Un cuento

(1932)

El Pájaro vivió en tiempos pasados en la región de Montagsdorf.[1] No poseía un colorido particularmente brillante, ni tampoco cantaba especialmente bien. Por otra parte, no era grande ni vistoso; no, los que aún llegaron a verle le consideran pequeño, incluso diminuto. Tampoco podía decirse que fuera hermoso, más bien resultaba singular y fuera de lo corriente, poseía precisamente esa singularidad y majestad que caracteriza a los animales y seres que no pueden encuadrarse dentro de ningún género ni especie. No era azor ni gallina, no era paro ni pájaro carpintero ni pinzón, era el Pájaro de Montagsdorf, no había otro igual, sólo existió en esta única ocasión, y desde tiempos remotos e inmemoriales se tenía noticia de su existencia, y si bien en realidad sólo le conocían las personas pertenecientes propiamente a la región de Montagsdorf, se había oído hablar, empero, de él en un gran perímetro de dicho pueblo, y los hijos de Montagsdorf a veces también eran objeto de burlas al respecto, como suele ocurrir a todos los que poseen algo muy particular. «Los de Montagsdorf —se decía— tienen hasta un pájaro especial.» Su existencia era conocida desde Careno hasta Morbio, y aún más lejos, y en toda esa zona se contaban anécdotas sobre él. Pero, como suele suceder, sólo en los últimos tiempos, en realidad sólo desde que el Pájaro ya no existe, se ha intentado recoger información muy precisa y fidedigna sobre éste, muchos extranjeros preguntan por él, y ya varios habitantes de Montagsdorf se han dejado invitar a beber unos vasos de vino mientras les interrogaban al respecto, para acabar declarando que personalmente jamás habían visto al Pájaro. Pero, si bien ya no todos le han visto, al menos todos han conocido a alguien que se topó una o varias veces con el Pájaro y contó cosas sobre él. Ahora se estudia y se registra todo esto y resulta extraordinario comprobar la diversidad de informes y descripciones, tanto por lo que respecta a la apariencia, canto y vuelo del Pájaro, como a sus costumbres y sus relaciones con los hombres.

Dicen que en tiempos pasados era mucho más frecuente que el Pájaro se dejase ver y que cuando alguien se topaba

1. El pueblo del lunes.

con él, ello siempre le deparaba una satisfacción, siempre constituía una experiencia, una feliz coincidencia, una pequeña aventura, del mismo modo que para los amantes de la naturaleza es también una pequeña experiencia y una satisfacción llegar a divisar de tarde en tarde un zorro, o un cuclillo, y poderlos observar. Entonces, por unos momentos, parece que la criatura haya perdido su temor al hombre asesino, o que el mismo hombre haya retornado a la inocencia de una vida prehumana. Había quien prestaba poca atención al Pájaro —como también existen personas que dan poca importancia al hallazgo de una primera genciana o al encuentro con una vieja y astuta serpiente—, pero otros le apreciaban mucho, y para todos constituía una satisfacción y un honor llegar a encontrarse con él. En ciertas ocasiones, aunque escasas, podía oírse expresar a alguien la opinión de que tal vez fuese más bien dañino o al menos un fenómeno inquietante: el que le veía pasaba luego un período muy agitado, soñaba mucho y estaba inquieto por las noches, y sentía un estado de ánimo peculiar con algo de malestar o de nostalgia. Otros se oponían totalmente a esta idea y declaraban que no existía sensación más exquisita y noble que la que dejaba tras sí el Pájaro después de cada encuentro; que quien le veía se sentía luego como quien acaba de recibir un sacramento o como después de escuchar una hermosa melodía; pensaba en todo lo bello y ejemplar, y para sus adentros hacía propósitos de llegar a ser una persona distinta y mejor.

Un hombre llamado Schalaster, primo del conocido Sehuster que durante algunos años fue alcalde de Montagsdorf, se preocupó mucho del Pájaro durante toda su vida. Según contaba, éste se le había aparecido una o dos o incluso más veces cada año, y en cada una de esas ocasiones había pasado días enteros en un estado de ánimo extraordinario, no alegre, exactamente, sino peculiarmente conmovido y en actitud expectante o presagiosa; durante esos días el corazón le latía de forma distinta, casi llegaba a dolerle un poquito, tenía conciencia de cada latido en el pecho, cuando que por lo general uno apenas se da cuenta de que posee un corazón. En suma, Schalaster opinaba —en las raras ocasiones en que accedía a hablar de ello— que no era nada desdeñable contar con ese pájaro en los alrededores, ya podían estar orgullosos, era una gran rareza y era preciso pensar que una persona a quien ese misterioso pájaro se le apareciese con mayor frecuencia que a los demás debía de poseer alguna cualidad extraordinaria y sublime.

(Para información de los lectores más versados diremos que Schalaster fue el principal testigo y la citadísima fuente principal de la interpretación escatológica del fenómeno-pájaro, la cual, entretanto, ha vuelto a caer en el olvido; por otra parte, después de la desaparición del Pájaro, Schalaster se convirtió en portavoz de aquel pequeño grupo de montagsdorfinos que creían a todo trance que el Pájaro seguía vivo y volvería a dejarse ver.)

«Cuando le vi por primera vez —informó Schalaster—,[1] yo era pequeño y aún no iba a la escuela. Acababan de cortar la hierba en el huerto que tenemos detrás de casa; yo estaba de pie junto a un cerezo, una rama baja del cual colgaba hasta la altura de mis ojos, y contemplaba las duras cerezas verdes, cuando el Pájaro bajó volando del árbol; en el acto advertí que no era igual que los otros pájaros que había visto hasta entonces; se posó en los rastrojos y comenzó a dar saltitos entre los mismos. Curioso y maravillado, corrí en pos del Pájaro por todo el jardín; varias veces me miró con sus brillantes ojitos y siguió saltando; hacía pensar en una persona que baila y canta a solas; comprendí perfectamente que esperaba seducirme y depararme una alegría con sus gestos. Tenía algo blanco en el cuello. Fue bailando sobre la hierba hasta llegar a la verja trasera, donde se encuentran los fogones, los sobrevoló y se posó sobre un poste, comenzó a trinar y volvió a dirigirme una mirada llena de simpatía; después desapareció tan repentina e imperceptiblemente que me asusté mucho. Más tarde he vuelto a comprobar con frecuencia la misma circunstancia: ningún animal sabe aparecer y desaparecer con tanta rapidez como el Pájaro, y siempre en el momento en que uno no le está prestando atención. Corrí a casa, junto a mi madre, y le conté lo que me había sucedido, entonces ella dijo sin vacilar que se trataba del Pájaro sin nombre y que le alegraba que lo hubiese visto, traía suerte.»

Según la descripción de Schalaster, que en esto difiere un poco de muchas otras, el Pájaro era pequeño, apenas un poco mayor que un reyezuelo, y lo más diminuto de todo era su cabeza, una maravillosa cabecita pequeña, despierta y movediza; tenía un aspecto insignificante, pero se le reconocía de inmediato por su copete rubio grisáceo y porque

1. Véase *Avis montagnolens, res gestae ex recens,* Ninonis, p. 285 y ss.

miraba a las personas, algo que jamás hacen los otros pájaros. Aunque mucho más reducido, el copete se asemejaba al del arrendajo y se balanceaba airosamente arriba y abajo; todo el Pájaro era muy movedizo, tanto al volar como cuando estaba posado en tierra, sus movimientos eran elásticos y expresivos; siempre parecía estar comunicando algo, recordándole a uno algo con la mirada, los movimientos de la cabeza, el balanceo del copete, su modo de andar y su vuelo, siempre parecía estar actuando con una intención precisa, como si fuese un mensajero; aunque se le hubiese visto con frecuencia, uno siempre se sentía obligado a pensar un rato en él y lo que podría desear y querer decir. No le gustaba que le espiasen y le observasen, nunca se sabía por dónde había venido, siempre aparecía de forma totalmente repentina, se posaba en las proximidades y obraba como si hubiese estado allí todo el rato, y después... aquella mirada risueña. Sin embargo, es sabido que, en general, los pájaros tienen ojos duros, asustadizos y vidriosos y que no miran a la cara, pero aquél tenía una mirada muy serena y, en cierto modo, benévola.

Desde tiempos remotos han existido también diversos rumores y leyendas sobre el Pájaro. En nuestros días se ha hecho más raro oír hablar de él, la gente ha cambiado y la vida se ha ido haciendo más dura, casi todos los jóvenes van a trabajar a la ciudad, las familias ya no se sientan reunidas en el umbral de las puertas las noches de verano y junto al fuego las noches de invierno, ya no hay tiempo para nada, los jóvenes de ahora a duras penas conocen los nombres de un par de flores silvestres o de una mariposa. Con todo y eso, aún puede oírse ocasionalmente a una viejecita o a un abuelo contando historias del Pájaro a los niños. Una de estas leyendas del Pájaro, tal vez la más antigua, dice así: El Pájaro de Montagsdorf es tan viejo como el mundo; ya estaba presente cuando Abel fue muerto a golpes por su hermano Caín, bebió una gota de la sangre de Abel, y después salió volando con el mensaje de su muerte, y aún sigue comunicándola a la gente a fin de que el hecho no quede olvidado y sirva de advertencia de que la vida humana es sagrada y debemos vivir como hermanos. Esta leyenda de Abel ya fue compilada en tiempos pasados y existen canciones sobre este tema, pero los eruditos dicen que en realidad la leyenda del Pájaro de Abel es muy antigua, ha sido narrada en muchos países y lenguas, pero que no cabe duda de que se la ha llegado a relacionar con el

Pájaro de Montagsdorf por error. Indican que es preciso tener en cuenta el absurdo que supone el hecho de que el Pájaro de Abel, con tantos milenios de existencia, se asentase más tarde en esta sola región y nunca más volviese a aparecer en ningún otro lugar.

Por nuestra parte podríamos señalar que «es preciso tener en cuenta» que las leyendas no tienen por qué ser tan racionales como los discursos académicos, y podríamos preguntar si toda la incertidumbre y las contradicciones que rodean el problema del Pájaro no han sido precisamente creación de los estudiosos; en efecto, que se sepa, antes nunca se plantearon discusiones sobre el Pájaro y sus leyendas, y si alguien no contaba exactamente lo mismo que su vecino, ello se aceptaba sin inmutarse e incluso se consideraba que el hecho de que la gente pudiese opinar y contar cosas tan distintas sobre el Pájaro, constituía un mérito del mismo. Podríamos ir aún más lejos y no sólo reprochar a los estudiosos el que sean los culpables de la exterminación del Pájaro, sino el que ahora, con sus investigaciones, estén empeñados en reducir también a cero los recuerdos del mismo y las leyendas que sobre él existen, así como el hecho de que una de las tareas de los estudiosos parece ser la descomposición, hasta la total aniquilación del objeto a descomponer. ¿Pero quién tendría el triste valor de atacar tan groseramente a los estudiosos a quienes la Ciencia tanto, si no todo, les debe?

No; volvamos a las leyendas que antaño se contaban sobre el Pájaro y de las cuales los habitantes de la región aún conservan algunos residuos. La mayor parte presentan al Pájaro como un ser embrujado, transformado o encantado. Puede atribuirse a la influencia de los viajeros de Oriente, en cuya historia ha desempeñado un cierto papel la región situada entre Montagsdorf y Morbio y cuyos rastros se encuentran allí por doquier, la leyenda según la cual el Pájaro es un personaje de gran alcurnia encantado, a saber, el último gran emperador y mago de su casa, el cual reinó en Sicilia y había sido iniciado en los secretos de la sabiduría árabe. Lo más frecuente es oír decir que el Pájaro había sido un príncipe, o bien (como, por ejemplo, habrá oído decir Sehuster) un mago, que hace tiempo habitó una casita roja en la colina de las serpientes y que gozaba de prestigio en la región, hasta que se implantó allí el nuevo derecho común, después de lo cual muchos comenzaron a pasar hambre, ya que el nuevo código prohibía y consideraba infamantes la magia, la versificación, la transmutación y otros oficios por el estilo. Se dice que entonces el brujo sembró zarzamoras y acacias en torno a su casita roja, la cual pronto comenzaría a desaparecer también bajo la maleza, abandonó su finca y desapareció en los bosques, acompañado de una larga procesión de serpientes. De vez en cuando regresa en forma de Pájaro para embrujar espíritus humanos y volver a practicar sus artes secretas. Naturalmente, la peculiar influencia que ejerce sobre muchos es pura magia; el narrador no podría precisar si se trata de magia negra o blanca.

Sin duda alguna también deben atribuirse a la influencia de los viajeros de Oriente aquellos extraordinarios restos de leyendas, indicadores de una capa de cultura matriarcal, en los que interviene la «extranjera», llamada también Ninon. Muchas de estas fabulaciones cuentan que esta extranjera logró atrapar al Pájaro y mantenerlo en cautiverio durante varios años, hasta que un día el pueblo se sublevó y devolvió la libertad a su Pájaro. Aunque también corren rumores de que la extranjera ya conocía al Pájaro mucho antes de que éste fuese convertido en tal, cuando aún era un brujo, y que vivió con él en la casa roja; allí criaban largas serpientes negras y lagartos verdes con cabezas azules irisadas, y, según cuentan, la colina de las zarzamoras, sobre Montagsdorf, sigue aún infestada de serpientes, y todavía puede comprobarse claramente que al pasar por el lugar donde un día se alzó el umbral del taller de magia del brujo todas las serpientes y todos los lagartos se detienen un instante, alzan la cabeza y después hacen una inclinación. Al parecer, contaba esta versión una mujer muy vieja del pueblo, llamada Nina, hace tiempo fallecida, que juró que cuando iba a la colina de las Zarzamoras a buscar hierbas había visto muy a menudo a las serpientes hacer una reverencia, precisamente en el lugar donde el troncho centenario de un rosal aún hoy sigue señalando la entrada de la antigua morada del brujo. Otras versiones, en cambio, aseguran con convicción que Ninon no tuvo relación alguna con el hechicero, y que no llegó a la región en pos de los viajeros de Oriente hasta mucho después, cuando el Pájaro ya hacía tiempo que era tal.

Aún no ha transcurrido una generación completa desde que el Pájaro fue visto por última vez. Pero los ancianos van falleciendo de improviso, ha muerto también ya el «Barón» y hace tiempo que el alegre Mario no camina tan erguido como cuando le conocimos, y llegará un día en que, de pronto, ya no quedará nadie que haya vivido la época del Pájaro; por ello, por confusa que resulte, quisiéramos dejar constancia de la historia de lo que sucedió con el Pájaro y de cómo por fin se acabó ésta.

Si bien Montagsdorf se encuentra bastante apartado y no muchos conocen los silenciosos pequeños barrancos boscosos de aquel lugar, donde el milano es rey del bosque y el cuclillo canta en todos los rincones, no obstante, en general, los extranjeros también se han percatado de la existencia del Pájaro y han entrado en conocimiento de sus leyendas; según se dice, el pintor Klingsor vivió allí largo tiempo en un palacio en ruinas, el collado de Morbio adquirió fama gracias al viajero de Oriente, Leo (por otra parte, según una versión más bien absurda de la leyenda, Ninon recibió de manos de éste la receta del pan episcopal con el que alimentaba al Pájaro y gracias al cual logró domesticarlo). En resumen, en todas partes se comenzó a hablar mucho de nuestra región, tan desconocida y tan virgen durante siglos, y en grandes ciudades y universidades de lugares muy lejanos hubo gentes que escribieron disertaciones sobre la ruta seguida por Leo hasta Morbio y se interesaron vivamente por los diversos relatos que sobre el Pájaro contaban los habitantes de Montagsdorf. Con ello se pronunciaron y se escribieron toda clase de juicios precipitados, los cuales procura volver a suprimir la investigación más seria de las leyendas. Entre otras cosas, se manifestó más de una vez la absurda afirmación de que el Pájaro coincidía exactamente con el conocido Pájaro de Piktor, relacionado con el pintor Klingsor y depositario del don de la transmutación, así como de muchos conocidos secretos. Pero aquel «pájaro rojo y verde, un pájaro hermoso y atrevido», conocido gracias a Piktor, aparece descrito con tanta exactitud en las fuentes,[1] que resulta casi inconcebible que fuese posible tal confusión.

Éste interés del mundo erudito por los naturales de Montagsdorf y por nuestro Pájaro se fue acusando, y con ello también se fue complicando en la medida correspondiente la historia del Pájaro. Un día, nuestro alcalde del momento, el ya citado Sehuster, recibió un escrito de su

1. *Pictoris cuiusdam de mutationibus,* Bibl. av. Montagn., codex LXI.

autoridad superior en el cual, por mediación de S. E. el Plenipotenciario del Reino ostrogodo, a instancias del consejero privado, el sabio Lützkenstett, se comunicaba al alcalde en funciones, con la imperiosa orden de ponerlo en conocimiento de su comunidad, lo siguiente: el consejero privado Lützkenstett estaba estudiando y buscaba, bajo los auspicios del Ministerio de Cultura, cierto pájaro sin nombre, conocido en términos dialectales como «Pájaro de Montagsdorf». Quien tuviese algo que comunicar sobre el Pájaro, sus hábitos, su alimentación, los refranes, leyendas, etcétera, que de éste tratasen debía ponerse en contacto con la Legación Imperial Ostrogoda en Berna, a través del consejo municipal. Además: quien entregase al citado consejo municipal, para su transferencia a aquella legación, el pájaro en cuestión, vivo y sano, recibiría una recompensa de mil ducados de oro; a cambio del pájaro muerto o de su plumaje bien conservado sólo se había previsto una recompensa de cien ducados.

El alcalde permaneció largo rato clavado en su silla, estudiando este texto oficial. Le parecía inicuo y ridículo que las autoridades se prestasen otra vez a todo eso. Si él, Sehuster, hubiese recibido esa misma exigencia directamente de los sabios godos o incluso de la Legación ostrogoda, la hubiese dejado sin respuesta o hubiese dado a entender tajantemente a los señores que el alcalde Sehuster no estaba para esas bromas. Pero la notificación le llegaba a través de su propio superior, era una orden y debía obedecerla. Después de leer el escrito con ojos muy abiertos y brazos extendidos, el viejo cronista municipal Balmelli reprimió la risita burlona que le parecía merecer este asunto, y declaró:

—Tenemos que obedecer, señor Sehuster, no hay remedio. Publicaré una proclama con el texto.

Conque, al cabo de algunos días, toda la comunidad se enteró a través de una proclama en el tablón de anuncios del ayuntamiento de que se buscaba al Pájaro, lo solicitaban en el extranjero y habían puesto precio a su cabeza. La Confederación y el Cantón no se habían preocupado de conceder su protección al pájaro legendario; como de costumbre, les importaba un bledo el hombre de la calle y lo que éste quiere y aprecia. Al menos, así opinaba Balmelli y muchos otros. Una elevada recompensa esperaba a quien quisiera atrapar o matar al pobre Pájaro, y el que lo lograse sería rico. Todos lo comentaban, todos se quedaron de pie frente al ayuntamiento, apretados en torno al tablón de anuncios, discutiendo animadamente. Los jóvenes estaban muy animados e inmediatamente decidieron poner trampas. La vieja Nina sacudió la anciana cabeza de gavilán y dijo:

—Es pecado, y el consejo municipal debiera avergonzarse. Esta gente entregaría al mismo Salvador si con ello pudiesen obtener algún dinero. ¡Pero no lo cogerán, gracias a Dios, no lo cogerán!

Schalaster, el primo del alcalde, se quedó muy callado una vez leída la proclama. No pronunció palabra, la releyó atentamente por segunda vez, renunció a la visita a la iglesia, que tenía previsto realizar ese domingo por la mañana, se dirigió lentamente a casa del alcalde, entró en su jardín, cambió repentinamente de parecer, dio media vuelta y corrió a su casa.

Durante toda su vida, Schalaster había sostenido una relación extraordinaria con el Pájaro. Le había visto con mayor frecuencia que los demás y había podido observarlo mejor, formaba parte, si puede decirse así, del grupo de los que tenían fe en el Pájaro, lo tomaban en serio y le atribuían cierta significación más elevada. Por ello el comunicado tuvo un efecto muy fuerte y contradictorio sobre este hombre. Verdad es que en un primer momento sólo sintió lo mismo que la vieja Nina y que la mayor parte de los ciudadanos de edad y apegados a la tradición: le asustó e indignó que su Pájaro, ¡un tesoro y un símbolo del pueblo y la región!, fuese entregado y atrapado o muerto para satisfacer el capricho de unos extranjeros. ¿Cómo era posible entregar ese raro y misterioso huésped de los bosques, ese ser legendario, conocido desde tiempos remotos, gracias al cual se había hecho famoso y también blanco de burlas el pueblo de Montagsdorf y al que debían tantos cuentos y fábulas, sacrificar ese pájaro a la curiosidad asesina de un sabio, por amor al dinero y a la Ciencia? Resultaba inaudito y sencillamente inconcebible. Equivalía a una invitación al sacrilegio. Sin embargo, por otra parte, sopesándolo todo y poniendo tal y cual cosa en este o aquel platillo de la balanza, ¿no se abría un futuro brillante y extraordinario a quien cumpliese el sacrilegio? ¿Y no se precisaba seguramente un hombre especial, escogido y predestinado desde hacía tiempo, que fuera capaz de hacerse con el preciado Pájaro, alguien que ya desde niño hubiese mantenido una relación secreta y confiada con el Pájaro y cuyo destino estuviese entrelazado con el de aquél? ¿Y quién podía ser ese hombre escogido y singular? ¿Quién sino él, Schalaster? Y si era un sacrilegio y un pecado apoderarse del Pájaro, un sacrilegio comparable a la traición de Judas Iscariote al Salvador, ¿no habían sido precisamente necesarias y sagradas esta traición, la muerte y el sacrificio del Salvador, y no habían estado predestinadas y profetizadas desde los tiempos más remotos? ¿Hubiese servido de algo —así se preguntaban Schalaster y todos—, hubiese servido de algo, se hubiese podido modificar u obstaculizar en lo más mínimo la voluntad y la labor redentora de Dios, de haber eludido el Iscariote su papel, negándose a cometer la traición por razones morales y racionales?

Por estos derroteros discurrían más o menos los pensamientos de Schalaster, agitándole enormemente los ánimos. Comenzó a pasear inquieto arriba y abajo por el mismo huerto natal en que antaño, cuando niño, viera por primera vez al Pájaro y experimentara el maravilloso y feliz estremecimiento de esa aventura; caminaba a grandes zancadas por la parte trasera de su casa, cruzando frente al establo de las cabras, la ventana de la cocina, las jaulas de los conejos, rozando con su abrigo nuevo los rastrillos, horcas y guadañas que colgaban en la pared posterior del granero, excitado hasta la embriaguez, rebosante de ideas, deseos y decisiones, con un peso en el corazón, pensando en ese Judas, con mil pesados ducados de oro de ensueño en la bolsa.

Entretanto, en el pueblo proseguía el alboroto. Después de hacerse pública la notificación, casi toda la comunidad se había reunido ante el ayuntamiento; de cuando en cuando uno se aproximaba al tablón de anuncios para leer otra vez la proclama, todos expresaban vigorosamente sus ideas y su parecer, con referencias bien escogidas a la experiencia, la tradición y las Sagradas Escrituras. Fueron pocos los que no se manifestaron desde el primer momento en favor o en contra de esa proclama, la cual dividió en dos bandos a todo el pueblo. Desde luego a muchos les ocurría lo que a Schalaster, quien de hecho consideraba monstruosa la caza del Pájaro, pero no obstante hubiese deseado conseguir los ducados, sólo que no todos se planteaban esta contradicción con tanto detalle y de forma tan complicada. Los muchachos jóvenes eran los que se lo tomaban más a la ligera. Las consideraciones morales o patrióticas no podían perturbar sus ansias de diversión. Opinaban que se debía probar con trampas, a lo mejor había suerte y atrapaban al Pájaro, aun cuando posiblemente no hubiera muchas esperanzas, ya que se desconocía la clase de cebo que debía ponérsele. Pero suponiendo que alguien lo divisase, sin duda más le valía disparar en el acto, puesto que, a fin de cuentas, más valían cien ducados en la bolsa que mil en la imaginación. Muchos les aprobaron en voz alta, paladeaban de antemano sus hazañas y comenzaron a discutir ya los detalles de la caza del Pájaro. «Que me den una buena escopeta —gritaba uno— y un pequeño adelanto de medio ducado, y estoy dispuesto a partir en el acto y sacrificar todo el domingo.» Pero para los que se oponían a la idea, entre los cuales se contaban casi todas las personas de edad del pueblo, todo eso resultaba inaudito y gritaban o murmuraban sabios proverbios y citaban las maldiciones que caerían sobre ese pueblo que ya nada consideraba sagrado y había perdido la lealtad y la fe. Los jóvenes les replicaban riendo que no era cuestión de lealtad ni de fe, sino de saber disparar, y que, por lo visto, la virtud y la sabiduría era siempre patrimonio de aquellos cuyos ojos cegatos ya no podían apuntar a un pájaro y cuyos dedos artríticos ya no podían sostener una escopeta. Y así prosiguió animadamente el diálogo; el pueblo comenzó a aplicar su ingenio al nuevo problema y por poco se olvidan de que era mediodía y hora de comer. En relación más o menos directa con el Pájaro, fueron contando con apasionamiento y elocuencia los éxitos y desgracias de su familia, hicieron recordar vivamente a todos la historia del bienaventurado abuelo Nathanael, del viejo Sehuster, del legendario paso de los viajeros de Oriente, citaron versos del libro de cánticos y buenos pasajes de las óperas, que con todo y considerarse mutuamente insoportables no podían separarse, invocaron los refranes predilectos y las experiencias vividas de sus antepasados, mantuvieron monólogos sobre tiempos idos, sobre el obispo fallecido, sobre las enfermedades sufridas. Un viejo campesino, por ejemplo, pretendía haber divisado sólo un instante al Pájaro por la ventana cuando yacía en la cama, víctima de una grave dolencia, y que a partir de ese momento había comenzado a mejorar. A ratos hablaban para sus adentros y dirigiéndose a sus visiones íntimas, a ratos de cara a sus conciudadanos, solícitos o quejosos, aprobadores o en son de mofa, en la disputa como en el consenso, la fuerza, la antigüedad, la eterna duración de los lazos que les unían les proporcionaba una bienhechora sensación, se creían viejos y sabios, jóvenes y sabios, se burlaban unos de otros, defendían con ardor y con mucha razón las buenas costumbres de los padres, hacían alarde de sus antepasados, se mofaban de sus predecesores, se jactaban de su edad y su experiencia, se pavoneaban de su juventud y su insolencia, llegaron al borde de la riña, vociferando, riendo, paladeaban el acuerdo y las disensiones, cada uno convencido de tener razón y de habérselo manifestado firmemente a los demás.

Pero, en medio de estas prácticas de retórica y de esta constitución de bandos, cuando la nonagenaria Nina precisamente rogaba a su nieto que se acordase de sus antepasados y no se uniese a esa caza bárbara e impía, a más de peligrosa, y cuando los jóvenes, sin respeto por sus ideas de anciana, estaban representando una pantomima de la cacería, colocando fusiles imaginarios junto a sus mejillas, apuntando con un ojo cerrado y gritando luego pif-paf, entonces sucedió algo tan insospechado que viejos y jóvenes se quedaron sin palabra y como petrificados. Atraídas por una exclamación del viejo Balmelli, todas las miradas siguieron la dirección que éste indicaba con el brazo y el dedo extendidos y, en medio del profundo silencio que cayó de pronto, vieron bajar del tejado del ayuntamiento al Pájaro, el tan comentado Pájaro, el cual se posó sobre el canto del tablón de anuncios, se frotó la cabecita redonda con el ala, amoló el pico y se puso a silbar una breve melodía, comenzó a balancear la ágil colita al compás de su trino, erizó el copete en el aire y se acicaló y se exhibió un buen rato ante las miradas de todo el pueblo, muchos de cuyos habitantes sólo le conocían de oídas, inclinando curioso la cabeza como si quisiese leer también la proclama de las autoridades y enterarse de cuántos ducados se ofrecían por él. Es posible que no se detuviera más de un par de segundos, pero todos lo consideraron una visita festiva y un desafío, y ninguno siguió haciendo pif-paf: todos permanecieron inmóviles, mirando embelesados al audaz visitante que había volado hasta allí y que a todas luces sólo había escogido ese lugar y ese momento para su aparición con el propósito de burlarse de ellos. Le miraban embobados, llenos de admiración y perplejos ante lo insospechado de su aparición; felices y satisfechos, contemplaban al simpático animalito del que tanto habían hablado ese mismo día, al cual debía su fama esa región; ese personaje que había presenciado la muerte de Abel o había pertenecido a una noble familia o había sido un príncipe o un brujo que vivía en una casita roja en la colina de las serpientes, donde aún había tantas culebras, el Pájaro que había despertado la curiosidad y la codicia de sabios y personalidades del extranjero, por cuya captura se ofrecía una recompensa de mil monedas de oro. Le admiraban y todos sentían un gran aprecio por él; incluso aquellos que un segundo más tarde comenzarían a renegar y patear de rabia, lamentando no haber tenido sus escopetas de caza consigo, le apreciaban y estaban orgullosos de él, era algo suyo, algo que les pertenecía, era su fama, su honor, allí sentado sobre el tablón de anuncios, con el copete erizado, justo encima de sus cabezas, como si se tratase de su señor o su blasón. Y no comenzaron a recuperarse del hechizo hasta que el Pájaro desapareció de improviso y el lugar que todos miraban embobados quedó vacío, entonces empezaron a sonreírse, gritaron bravos, hicieron muchos elogios del Pájaro, se pusieron a pedir escopetas a gritos, preguntando en qué dirección se había ido, recordando que se trataba del mismo Pájaro que una vez curara al viejo campesino, que ya conociera el abuelo de la nonagenaria Nina, impregnados de una sensación maravillosa, algo parecido a una alegría y unas ganas de reír, pero que al mismo tiempo presentaba un cierto misterio, encantamiento y horror, y de pronto todos comenzaron a separarse a fin de llegar a casa a tiempo para comer y poner fin así a esa excitante reunión ciudadana, en el curso de la cual habían entrado en efervescencia todas las fuerzas afectivas del pueblo y cuyo rey indiscutible había sido el Pájaro. Todo quedó en silencio delante del ayuntamiento, y cuando un poco más tarde sonaron las campanadas de mediodía, la plaza estaba vacía y solitaria, y sobre el blanco papel soleado de la proclama comenzaba a caer lentamente la sombra, la sombra del listón sobre el que hacía poco se posara el Pájaro.

Entretanto, sumido en sus pensamientos, Schalaster se paseaba arriba y abajo por el patio trasero de su casa, junto a los rastrillos y guadañas, las jaulas de los conejos y el establo de las cabras; poco a poco, sus pasos se habían ido haciendo silenciosos y regulares, sus consideraciones teológicas y morales fueron alcanzando paulatinamente el equilibrio, y por fin cesaron. Le despertaron las campanadas de mediodía, volvió en sí ligeramente sobresaltado y desembriagado, reconoció las campanadas, recordó que en seguida oiría la voz de su mujer llamándole a la mesa, se avergonzó un poquito de sus titubeos y comenzó a pisar más fuerte con las botas. Y entonces, en el preciso momento en que su mujer alzaba la voz para confirmar la llamada del campanario, de pronto le pareció ver un destello ante sus ojos. Oyó un zumbido muy cerca y algo parecido a un breve aleteo, y entonces vio al Pájaro posado en el cerezo, ligero como una flor sobre la rama, balanceando juguetón su copete de plumas; el Pájaro volvió la cabecita, pió muy bajito, miró fijamente al hombre, que conocía la mirada del pájaro desde su niñez, y acto seguido volvió a remontarse, desapareciendo en el aire, entre las ramas, antes de que el pasmado Schalaster tuviese tiempo de percibir con claridad la aceleración de su pulso.

El Pájaro sólo ha sido divisado en una ocasión por un ser humano, en realidad por el mismo Schalaster, el primo del entonces alcalde, después de ese domingo al mediodía en que se posó sobre el cerezo de aquél. Schalaster había tomado la firme determinación de apoderarse del Pájaro y obtener los ducados, y puesto que como viejo conocedor del Pájaro sabía perfectamente que jamás se lograría hacerle caer en una trampa, había preparado una vieja escopeta y se había provisto de perdigones del calibre más fino, llamado «vaho de pájaros». Según sus cálculos, cabía la posibilidad de que si le disparaba con esos perdigones tan finos, el Pájaro no cayese muerto y destrozado, sino que uno de los diminutos perdigones le hiriese sólo ligeramente y quedase aturdido del susto. Así conseguiría cogerlo vivo. El circunspecto individuo preparó todo lo que podía serle útil para sus propósitos, incluso una pequeña jaula de ave canora para encerrar al prisionero, y a partir de entonces comenzó a hacer todo lo imaginable a fin de no alejarse de su escopeta, constantemente cargada. La llevaba consigo siempre que ello era posible y cuando no resultaba adecuado, como para ir a la iglesia, realizaba ese desplazamiento a regañadientes.

Con todo y eso, cuando volvió a toparse con el Pájaro —sucedió en otoño de ese año— precisamente no tenía la escopeta a mano. Estaba muy cerca de su casa; como de costumbre, el Pájaro había aparecido sin hacer ruido, y cuando le saludó con su familiar trino ya se había posado: estaba sentado muy satisfecho sobre el nudoso troncho del viejo sauce, cuyas ramas cortaba en esos momentos Schalaster para atar los soportes de los árboles frutales. Allí estaba, a menos de diez pasos de distancia, trinando y parloteando, y mientras el corazón de su enemigo volvía a inundarse de esa maravillosa sensación de felicidad (a un tiempo bienaventurada y dolorosa, como si le invitaran a una vida que sin embargo no era capaz de llevar), la inquietud y la preocupación de lograr coger su escopeta a tiempo comenzaron a hacerle correr un sudor frío por la nuca. Sabía perfectamente que el Pájaro no se quedaba nunca largo rato. Corrió hasta su casa, regresó con la escopeta, comprobó que el Pájaro seguía sentado en el sauce e inició muy lentamente la caza, en silencio fue aproximándosele más y más. El Pájaro no parecía sospechar nada, no mostró preocupación ante la escopeta y el extraño proceder del hombre, un hombre excitado con la mirada fija, movimientos rastreros y mala conciencia, al cual visiblemente le costaba mucho hacerse el despreocupado. El Pájaro le dejó acercarse bastante, procuró alentarle con ojos confiados, observó con picardía cómo el campesino alzaba la escopeta, cerraba un ojo y apuntaba con esmero. Por fin retumbó el disparo, y aún no comenzaba a disiparse la nubecilla de humo cuando Schalaster ya estaba de rodillas buscando bajo el sauce. Escudriñó cuidadosamente la hierba desde el sauce hasta la verja y viceversa, hasta las colmenas y a la inversa, hasta el bancal de judías y viceversa, durante una, dos horas, y al día siguiente repitió una y otra vez la operación. No logró dar con el Pájaro, no pudo encontrar ni una sola de sus plumas: se le había escabullido, había actuado demasiado torpemente, había hecho excesivo ruido, el Pájaro amaba la libertad, amaba los bosques y el silencio, eso le había comenzado a escamar. Se había ido; esta vez Schalaster tampoco había podido ver en qué dirección salió volando. Es posible que regresase a la casa de la colina de las culebras, y que los lagartos verdiazules se inclinaran ante él en el umbral. Tal vez huyera aún más lejos en el espacio y en el tiempo, hasta el personaje de alta alcurnia, hasta Caín y Abel, al Paraíso.

No se ha vuelto a ver al Pájaro desde entonces. Se siguió hablando mucho de él y después de tantos años aún no han enmudecido los comentarios al respecto y en una ciudad universitaria ostrogoda se publicó un libro sobre el tema. Si antaño se contaban toda suerte de leyendas sobre el Pájaro, desde su desaparición él mismo ha pasado a ser una leyenda y pronto ya no quedará nadie que pueda jurar que realmente existió, que hubo un tiempo en que fue el espíritu benefactor de su región, que fue ofrecida una gran recompensa por su captura, que un buen día un hombre disparó sobre él. Es posible que algún día, cuando en épocas posteriores un erudito vuelva a estudiar esta leyenda, se demuestre que todos estos hechos son producto de la fantasía popular y se expliquen en todos sus detalles conforme a las normas de la formación de los mitos. En efecto, no cabe duda de que en todas partes y en todas las épocas existen de vez en cuando seres que los demás consideran extraordinarios, bellos y simpáticos y que muchos reverencian como si se tratase de buenos espíritus, porque invitan a una vida más hermosa, más libre, más alada que la que llevamos, y después en todas partes ocurre lo mismo: los nietos se burlan de los buenos espíritus de los abuelos, un día se comienza a perseguir a los hermosos y simpáticos seres, se pone precio a su cabeza o su pellejo, se acaba matándolos, y luego, un poco más tarde, su existencia pasa a ser leyenda, y ésta se va difundiendo como si volase con alas de pájaro.

Es imposible prever las formas que aún puede adoptar algún día la teoría del Pájaro. Por razones de método, debemos hacer constar aún que Schalaster falleció de una muerte horrible a muy temprana edad, muy probablemente se suicidó, pero no nos permitiremos sacar precipitadas conclusiones de este hecho.

Índice